Quiçá

Luisa Geisler

Quiçá

Copyright © 2024 by Luisa Geisler

Grafia atualizada segundo o Acordo Ortográfico da Língua Portuguesa de 1990, que entrou em vigor no Brasil em 2009.

Capa
Julia Masagão | Alles Blau

Ilustração de capa
Adriana Komura

Preparação
Julia Passos

Revisão
Marina Nogueira
Aminah Haman

Os personagens e as situações desta obra são reais apenas no universo da ficção; não se referem a pessoas e fatos concretos, e não emitem opinião sobre eles.

Dados Internacionais de Catalogação na Publicação (CIP)
(Câmara Brasileira do Livro, SP, Brasil)

> Geisler, Luisa
>   Quiçá / Luisa Geisler. — 1ª ed. — Rio de Janeiro : Alfaguara, 2024.
>
>   ISBN 978-85-5652-219-1
>
>   1. Romance brasileiro I. Título.

24-194977   CDD-B869.3

Índice para catálogo sistemático:
1. Romance : Literatura brasileira   B869.3
Cibele Maria Dias – Bibliotecária – CRB-8/9427

Todos os direitos desta edição reservados à
EDITORA SCHWARCZ S.A.
Praça Floriano, 19, sala 3001 — Cinelândia
20031-050 — Rio de Janeiro — RJ
Telefone: (21) 3993-7510
www.companhiadasletras.com.br
www.blogdacompanhia.com.br
facebook.com/editora.alfaguara
instagram.com/editora_alfaguara
twitter.com/alfaguara_br

Quiçá

A menina de onze anos já se esqueceu da última vez. Ela já se esqueceu da última vez que os viu calmos assim. No banco de trás, aos risos, ela tira o cinto de segurança. Os quatro conversam, apenas conversam. Arthur — o sem cinto de segurança, mas com uma tatuagem no braço e um alargador no lóbulo — pergunta se ela sente sono. Enquanto Clarissa se atira nele para dormir, Arthur já apoiou a cabeça na janela. Olhos fechados. O carro vibra, os pais conversam, o barulho da estrada, o cheiro dos cigarros de Arthur e da camomila do aromatizador, o banco fofo, Arthur de ossos saltados. O carro vibra, o barulho da estrada, Arthur, ossos saltados, uma tatuagem no braço e um alargador no lóbulo.

O alargador, a circunferência de oito milímetros contornando o vazio, o círculo de vazio no lóbulo. Clarissa estava com Arthur quando ele colocou o alargador. Ela viu o estúdio de tatuagem e piercing, enorme, tudo brilhava, inclusive as pessoas bizarras. Até as pessoas normais eram bizarras. Estampa de zebra cobria os bancos da sala de espera. Rock — Clarissa aprenderia mais tarde: rock progressivo, Light Green — tocava ao fundo. As figuras de tatuagens atravessavam as revistas, assim como pôsteres de gatinhos estampados em coxas, flores em antebraços, dragões em nucas, brincos na orelha, no mamilo e além.

A atendente tinha hálito de alho, e sua tatuagem ia do ombro ao dedo anelar. Enquanto Arthur pagava pelo alargador, ela perguntou se Clarissa era sua filha, acompanhando. Arthur riu.

— Não tá vendo a semelhança?

A atendente olhou para o rosto de um e depois o de outro.

— Os olhos são iguais, a parte da sobrancelha — ela apontou para o rosto de Clarissa. — Ali também é.

Clarissa se recostou na cadeira e mirou Arthur.

Pessoas entravam na sala de tatuagem, a atendente ressaltava mais semelhanças físicas, o castanho dos cabelos, os ombros caídos, tinham até alguns sinais iguais. Concluiu: era a cara do pai. Arthur e Clarissa não desmentiram. Não comentaram que Arthur tinha sete anos quando Clarissa nasceu: a atendente deveria conferir a idade antes de aceitar clientes, não? Até onde sabiam, eram primos. Divertiram-se fingindo o papel de, sim, pai e filha. Antes de entrarem na sessão, Arthur olhou para Clarissa.

— Não quer fazer uma você também?

Clarissa se demorou: O quê?, mas Arthur ria.

— Eu posso autorizar como seu pai. Não quer colocar um alargador também?

Clarissa negou com a cabeça antes de pensar. Imaginou uma tatuagem, um piercing, a cabeça negava. Arthur sorriu, beijou a testa. O tatuador os chamava para dentro da sala. Mal haviam vestido as toucas higiênicas, Clarissa ouviu o tatuador perguntar se ela era filha de Arthur. Clarissa e Arthur se entreolharam: sim. O tatuador ajustou a máscara no rosto.

— Ela não vai fazer nada hoje?

A janela estava aberta, uma brisa morna entrava junto do barulho dos carros. O tatuador transmitia confiança. Por mais que a sala estivesse cheia de pôsteres e badulaques de bandas de heavy metal, filmes trash, pornografia, desenhos animados adultos e cultura pop à bangu, Clarissa viu a sala como um consultório cheio de personalidade. Havia uma cama, que nem nos consultórios médicos. Uma cadeira daquelas reclináveis, que nem no dentista. O tatuador tinha uma daquelas mesas auxiliares com rodinhas coberta de todos os utensílios a postos. Utensílios que ele limpou com álcool. Sob os utensílios, um pedaço de papel que o médico-tatuador depois jogaria fora. Azulejos brancos decoravam o chão, tudo que nem no dentista.

Clarissa se sentava ao lado, observando.

O tatuador marcou com canetinha o lugar onde furaria a orelha. Passou através do lóbulo um canudinho com um dos utensílios de dentista (um ferrinho, tipo um palito de dente de metal, ela concluiu). Trocou de palito. Os palitos de dente engrossaram, ela fechou os olhos, ouviu o tatuador e o tatuado conversando, ouviu os utensílios se moverem, metal contra metal, ouviu a cadeira de rodinhas, sentiu o cheiro de álcool. Sentiu e ouviu a mesa auxiliar se afastar e se aproximar. Encantou-se ao ver que o último palito de dente tinha a espessura de um lápis e não, nada, nada sangrava.

No mercado, a caminho do apartamento, Clarissa ainda encarava o vazio no meio do lóbulo. Arthur, com uma cesta no braço, olhava a prateleira. Pegou algodão, sabonete antisséptico, sabonete líquido, garantiu a Clarissa que não doera. Clarissa jogou um pacote de bolachas na cesta: mas nem um pouco? Arthur fez uma careta.

— Não, nem um pouco.

Clarissa duvidou e passou toda a fila do caixa perguntando se nem um pouquinhozinho.

Clarissa duvidou durante todo o caminho até o apartamento, perguntava, gargalhava. Falaram sobre outras coisas, mas nunca acreditou. Por mais que acreditasse em muito de Arthur, uma dúvida. Notou que o sol se punha quando estavam na parada de ônibus.

Jantaram as bolachas logo após Clarissa dar comida ao gato, Zazzles.

Arthur falou da escola, comentou uma ou outra atividade ou professor. Clarissa brincava com o gato ao ouvir os relatos. Sabia que Arthur faltava o tempo todo, sabia que usava os estudos como desculpa para sair. Se Augusto e Lorena também sabiam, Clarissa os via enxergarem Arthur com o mesmo olhar de pena e silêncio.

Ouviu sobre um trabalho de química com questões do vestibular. Ao saber que a professora elogiara Arthur, Clarissa concluiu que os elogios eram o motivo do falatório. Sim, ele queria impressionar; sim, ele notara que Clarissa havia mexido no material e visto suas notas.

Comentários sobre química ainda flutuavam no ar enquanto Arthur começava a assistir ao jogo de futebol e Clarissa brincava com Zazzles. Dois anos antes, após assistir a um documentário sobre vira-latas, abandono e canis, Clarissa passara semanas insistindo em adotar um gato. Mesmo anos e quilos depois, ainda o aninhava e dava afeto como se fosse um filhote pequeno e frágil. Zazzles, o vira-lata branco com uma enorme seção de pelos laranja nas costas, usava uma coleira vermelha de veludo.

Clarissa rolava de um lado para o outro e enchia a sala de pelos e miados e cheiro de gato e ignorava o barulho da TV quando ouviu a porta se abrir. Os pais atravessaram a sala conversando, seguindo até o quarto para largar casacos e bolsas.

— Eu já não falei desse… — a mãe disse ao voltar. O pai se virou para Arthur para conversar sobre o jogo. Clarissa, sentada no chão com Zazzles no colo, disse:

— Mas que horas são?

— Passa da meia-noite, Clarissa.

No diálogo paralelo, o pai se aproximava do rosto de Arthur. As pontas dos dedos de Augusto alcançaram o rosto de Arthur. Olhou bem.

— Gostei sim, cara. Achei legal, achei muito legal — dizia. — Mas não doeu?

Clarissa e a mãe pararam. Lorena se virou para os dois. Arthur ainda falava:

— ... a Clarissa também quis saber, não foi nada...

Lorena franziu a testa e, como se fizesse um cálculo, apertou os olhos.

— O que não doeu nada, Arthur? — perguntou.

— O alargador — e Arthur apontou a orelha, o vácuo dentro do lóbulo com uma moldura prateada.

Lorena inspirou e expirou. Inspirou e expirou. Augusto caminhou até ela e a abraçou pelos ombros. Lorena terminava de expirar.

— E com quem você deixou a Clarissa enquanto fazia isso aí?

Clarissa mexeu no pelo macio de Zazzles.

— Eu fui junto, mãe.

Lorena se sentou no outro sofá, o que ficava ao lado do de Arthur. Augusto acompanhou e, ao se sentar, cruzou os braços. Os pelos de Zazzles flutuavam pela sala.

— Não achei legal — Augusto disse — levar a Clarissa, assim, Arthur, sem avisar.

Arthur fixava os olhos na televisão (full HD, conexão à internet, 3D, cinquenta e duas polegadas), e Clarissa tinha certeza de que em breve ele diria: "Ô, pessoal! Xiu, tô assistindo aqui". Clarissa soltou Zazzles, que fugiu para ronronar nas canelas de Lorena. O silêncio televisivo pairava.

— Arthur, você sabe que a sua mãe não paga pra você morar aqui — Lorena afastou o gato com a perna —, não sabe?

Arthur se ajeitou no sofá e tirou os olhos da televisão (full HD, conexão à internet, 3D, cinquenta e duas polegadas), encarando ora Augusto, ora Lorena: sim, ele sabia. Clarissa via o esforço da mãe para manter um tom calmo:

— Se você sabe — ela disse —, eu gostaria que dissesse, em uma palavra, quem você acha que é pra levar a nossa filha...

— Eu — Arthur começou — acho que...

— Arthur... — Lorena parou. Suavizando a voz, virou para Clarissa: — Nenê, por que você não vai pro quarto?

Clarissa queria ouvir, queria ficar, aquilo tinha a ver com ela. Lorena repetiu que estava tarde. Clarissa insistiu. Levantou, pegou Zazzles do chão e, antes que se sentasse de novo, a mãe já a encarava: estava tarde. Quem sabe, Clarissa, no mínimo, não ia vestir a roupa de dormir e voltava para a sala? Clarissa, muda, correu para colocar o pijama, nem pensou em qual preferia ou em combinações. Da rua, vinham o barulho de conversas e os latidos de um cachorro. Enquanto Clarissa trocava de roupa no quarto, Lorena olhou para Arthur.

— Estava tudo bem antes de você chegar.

Arthur gargalhou. Clarissa ouvia apenas o barulho que ela mesma fazia ao tirar a calça, ouvia a rua, ouvia seu quarto.

— Tudo? — Arthur disse.

— Eu achava que... eu pensei que... — Lorena olhou para o chão, quase suspirando. De cabeça ainda baixa, disse: — Você não é uma boa influência, sabia?

— A sua filha passava o dia inteiro trancada no quarto antes de eu chegar, uma criança de dez anos sem amigos — Arthur olhava Lorena nos olhos. — Isso era influência minha?

— Onze — Lorena corrigiu.

— Oi? — Arthur franziu a testa. Clarissa enxergou o irmão--primo-pai do quarto, já com o pijama cheirando a amaciante.

Do corredor, viu Augusto olhar para o chão e dizer:

— Onze anos de idade.

Clarissa via, não ouvia. Tanto quis respirar em silêncio que se asfixiou por alguns segundos.

Augusto foi até a cozinha. Lorena se levantou, Arthur se levantou. Lorena ainda o olhava, dizendo em voz baixa:

— Você ainda não me disse quem você acha que é para ir e vir na casa dos outros, colocando essas... — Clarissa só ouvia sussurros vindos da mãe, chiados baixos televisivos, um narrador de futebol *shhshshsah-blaeesasahsh* — ... essas merdas em você e achar que pode encher a cabeça dos filhos dos outros. Arthur, você é só um brinquedinho novo pra ela. Não é ninguém aqui. Não mais.

Da cozinha, devagar, começaram a ecoar ruídos de portas de gavetas de armários e de uma geladeira ao abrir e fechar, um forno acendendo. Enquanto Lorena ia até a cozinha, Clarissa foi notada pela mãe, que a mandou dormir.

Arthur seguiu Clarissa pelo corredor e passou a mão nos cabelos castanho-claros suados da menina. Cheiro de algum prato congelado da cozinheira saía da cozinha.

Era verdade que Arthur levava Clarissa para a casa dos amigos, que falavam palavrão, que jogavam videogame, que ensinavam Clarissa a jogar videogames violentos, que comiam salgadinhos o dia inteiro, que bebiam, que fumavam, que saíam para atirar em latas e em bichos, que jogavam futebol, que brigavam entre si, que brigavam no futebol, que desciam as piores ladeiras de skate ou de bicicleta, que haviam ido para a emergência na metade do mês. Mas Clarissa não bebia, não atirava. Ela se divertia.

Era verdade que, por causa de Arthur, Clarissa só brincava com Zazzles à noite, mas ainda brincava com ele. Era verdade que, por causa de Arthur, Clarissa saía de casa por motivos que não eram a escola, a natação ou a aula de piano. Arthur insistia, brigava para que ela saísse. Era verdade que, às vezes, ela não entendia. Às vezes Arthur a deixava sozinha com desconhecidos, pegava uma das garotas pela mão, dizia que já voltava e retornava no fim da tarde. Às vezes desconhecidos falavam com Clarissa, faziam ofertas, convites. Era verdade que às vezes alguns desconhecidos interessavam a Clarissa mais que outros. Clarissa não gostava, mas sempre gostava. Era verdade que não ia sempre, não queria ir, pedia que Arthur a deixasse em paz. Não queria ir, mas quando estava lá amava estar. Estar na rua. Ria de Arthur beijando garotas na frente dela, que nojo. Ria das brincadeiras, de algum amigo mais velho, das bebedeiras, do futebol, dos skates, do pôquer, e acabava se perguntando o que estaria fazendo em casa se não tivesse ido. Irritava a insistência de Arthur, mas gostava de ele estar certo.

Arthur persistia nela, e talvez fosse disso que Clarissa gostasse.

Na porta do quarto de Arthur, Clarissa se interessou pelo piercing. Não era um piercing, corrigiu Arthur: era um alargador. Falaram do alargador, da limpeza, dos cotonetes comprados. Clarissa perguntou se poderia passar um tempo no quarto de Arthur antes de deitar. Ele negou com a cabeça, Clarissa entendeu: não naquela noite.

No carro, porém, naquele dia de Natal em que vão para a cidade dos avós, das tias, dos primos, Clarissa pode passar quanto tempo quiser com e sobre Arthur. O carro vibra, os pais conversam, o barulho da estrada, o cheiro dos cigarros de Arthur e de camomila do aromatizador, o banco fofo, Arthur de ossos saltados.

banheira gelada eu devo ser o único cara que se arrepia com frio é fã dos azulejos da dona solene locadora umas borboletas cinza mergulho na banheira água água nas pernas água na cara água entra nariz as borboletas desbotadas eu gosto delas água pelos ouvidos sufocar respirar água nos olhos vontade de ficar embaixo da água pra sempre tipo até chegar domingo dormir dentro da água sem respirar só ficar sem existir se pá meu professor de espanhol cursinho falou pra associar *quizás* ou *quizá* com se xingou a gente porque a gente não sabia o que era quiçá o que é quiçá parece guisado guisado de carne quiçado conheço um cara que fala quisado acho que é por isso ficar debaixo da água até duas semanas daqui depois das provas do mestrado a mari se tranca no banheiro do serviço e bota o celular no soneca por dez minutos e fica lá tadinha só fala comigo pra pedir ajuda nas matérias do mestrado usa um alargador bem bonito até nunca vai ter emprego só emprego na área de pesquisa tomara que nunca demitam dormir é um troço sério ficar acordado demais te tira a noção de certas coisas tu perde a dignidade é uma necessidade fisiológica que te controla não dá pra dormir quando tu tá fazendo as provas do mestrado café café café sono café queimando a língua talvez eu devesse me matar dormir quanto tempo eu quisesse ficar embaixo da água tipo bebê ir ficando alguém me disse que é impossível que tu não resiste ou tu flutua ou tu flutua de dor dor odeio dor sono não que tenha nada de errado comigo eu

gosto vida mari café estudar conquistas passar nas provas mas
só morrer morrer-bebê só ir ficando quieto na água não tem
nada pra fazer aqui mesmo morrer na água ia ser legal dizem
que é o pior tipo de morte odeio dor dizem que tédio é só
outra palavra pra depressão eu gosto de ficar vivo sério juro
gosto das pessoas sair pra tomar um porre com os guris na
sexta muito engraçado eu sempre morro de rir gosto daquelas
músicas também *hast du feuer hast du feuer* nananana tipo água
nos olhos água água água demora um tempo sono no cursinho
meu professor sempre dizia que einstein falou que tempo é só
outra medida de espaço por isso os anos-luz era importante
lembrar espaço nada mais lembrar lembrar einstein cara meu
professor te lembra das coisas felipe não que eu tenha qualquer
coisa errada mas não tem nada de bom pra que as coisas dizem
que a felicidade libra-pé força vezes comprimento força força
não distância a gente tem que achar dentro não fora talvez só
pegar uma faca da cozinha e cortar um pedaço pra dentro da
carne o pulso o comum tem quem corte na coxa também dá
pra esconder acharia dentro a felicidade eu podia cortar na
coxa e nem ia parecer depressivo cortar corte ninguém ia saber
ver o que dá ver como é a dor de se cortar de deixar o sangue
sair continuar minha vida uma xícara de chá queimando a
língua café tudo vai ficar bem chegar em casa cansado e *gib
mir feuer und dann steck dein streichholz wiederrrr eeeeeinnnnnn*
te lembra das coisas felipe ir dormir ficar no telefone até era
quizás ou *quizá* hein da manhã é legal telefone cara dor odeio
dor sei lá mas tá tudo bem comigo eu juro pai *quizás* sair da
água agora agora
agora sim agora
respira

Milena, prima de Arthur e Clarissa, está usando a blusa nova que ganhou de Natal. Sentada na varanda, quer que algo aconteça. Um drama, um risco, um perigo, um segredo. Quando o sedã — o modelo mais vendido da história da Yotteru, com produção nos cinco continentes e vendas totais superiores a 32 milhões de automóveis — se aproxima, ela acena. Corre para dentro da casa e volta com o controle remoto do portão da garagem.

Depois de quatro horas no trânsito livre, Lorena, Augusto, Clarissa e Arthur haviam chegado a Distante. Clarissa desperta com os chamados da mãe e se estica para seu lado do banco. Ouve Arthur estalar o pescoço, interessando-se pelas dores da garota, nos ombros, coisa e tal. Sim, Clarissa concorda, também as sentia.

Ruídos de quando Arthur separou pratos na cozinha, pratos sobre a bancada, faca contra o prato.

Clarissa tinha ido até a cozinha esquentar seu prato quando ouviu aquele desconhecido estalar o pescoço. Estava fazendo um sanduíche. Clarissa parou na porta, observando. Não tinha tempo para observar, mas ficou observando. A magreza invadia seu corpo, era andrógino se não fosse pelas roupas, tinha cabelo curto, uma tatuagem imensa no braço, olheiras, cicatrizes, cheirava a suor e cigarro. Cheirava a cigarro depois do banho. Preparava um sanduíche de maionese, queijo, presunto, requeijão no centro, mais queijo, mais presunto. Esticou o pescoço para um lado. Uma sequência de estalos como pipocas estourando numa panela.

Clarissa não tinha tempo para observar, mas ficou observando. Não tinha tempo, tinha o trabalho de matemática para fazer, as primeiras provas do trimestre. O teste de português se aproximava. Precisava estudar, revisar um pouco, ensaiar piano para a apresentação de domingo. Se sobrassem algumas horas, Clarissa as passaria com Zazzles, rolariam pelo tapete, assistiriam (um pouco) à televisão (full HD, conexão à internet, 3D, cinquenta e duas polegadas) juntos. Naquele instante, porém, Clarissa não tinha tempo, só depois da semana da apresentação.

Clarissa não tinha tempo para as colegas de escola, para se preocupar com celular, todos os celulares eram iguais, todas as roupas eram iguais, todos os meninos da escola, todos tão tortos, gordos, mais crianças que adultos. As colegas de turma contavam de seus primeiros beijos nas férias, selinhos, garotos da praia, as colegas haviam até menstruado. Clarissa mentia que ela também. Tudo aquilo fazia parte de uma nação que Clarissa conhecia com fins quase antropológicos. As pessoas da região X se comportam de tal maneira quando...

Não se via integrada àquilo e, acima de tudo, não tinha tempo. Clarissa não tinha tempo para observar, mas ficou observando. Fez uma careta, ainda parada sob o portal: sim, teria de morar com ele naquele ano.

A cozinha estava mais suja. Clarissa, ao ver Arthur colocar duas folhas de alface no pão branco, começou a esperar que uma aranha escalasse os armários aéreos sob medida, começou a esperar que uma aranha saísse pelo ralo da pia com detalhes em mármore. O cheiro de cigarro dele agora era o cheiro de sujo da cozinha, de lixo orgânico, cheiro dentro da geladeira com três menus touch screen nas portas, cheiro de todos os alimentos que estavam, com certeza, podres, mofo, pelinhos de fungos.

Clarissa viu pela primeira vez onde ficava cada teia de aranha, cada mofo, cada mancha grudenta de geleia e açúcar, perto do freezer de duas portas, junto dos pratos pintados à mão comprados numa ilha turística, poeira logo acima das taças de cristal arranjadas nas prateleiras do alto, poeira, sujo, sujo, nojo. Quando visse a empregada no dia seguinte, pediria que limpasse a cozinha. A necessidade de desinfetar aqueles cantos nunca antes vistos se insinuava com mais e mais força.

Pelo menos, o garoto não usava brincos nem nada nas orelhas. Seria o cúmulo. Quanto ele mudaria naquele ano? Arthur se virou. Olhares se cruzaram. Os olhos de Arthur, imensos dentro de buracos escuros. Desviou em silêncio de Clarissa (cheiro de cigarro), atravessou o corredor (ruído de passos), entrou no quarto e fechou a porta.

Ao encher seu prato com o arroz e a carne que a cozinheira deixara prontos, Clarissa se esforçou para ignorar os novos cheiros entranhados. Pôs o prato no micro-ondas, programou: aquecer, 1:00. Sentou-se à mesa, aguardando.

Aguardava. Por que um homem morava na casa dela do nada? Aguardava. Sim, era primo dela, ela sabia, sim, intentara suicídio, sim, teve problemas, mas ele não tinha a família dele? Aguardava. Alguém escondia algo dela, tratavam-na como um bebê. Na época, Clarissa aceitou, na época, questionou tão pouco, mas agora tinha de encarar o homem todos os dias. Por que justo aquele homem? Quis ter esperneado. O bipe do micro-ondas se tornou a trilha sonora do arrependimento de Clarissa.

A mãe deixara ordens para que a cozinheira preparasse almoço para Arthur também e deixasse jantar. Ele fazia seus sanduíches. Os pais davam carona até a escola, uma escola diferente da de Clarissa. Demoravam cinco minutos a mais na rota até o trabalho para levar

Terceira pessoa do plural porque Lorena e Augusto trabalhavam juntos. Fundaram uma agência de publicidade e propaganda, cursaram a mesma graduação na mesma faculdade. Haviam se conhecido por uma das irmãs de Lorena, ainda em Distante. Lorena e Augusto revezavam para levar *as crianças* à escola, de forma que um dos membros do casal pudesse chegar mais tarde à agência, ou realizar tarefas diárias.

Exceto pela mudança no caminho do trabalho, a rotina se manteve com Arthur. Ainda saíam logo depois do café, no mesmo horário, os pais ainda voltavam depois da meia-noite. Quando Clarissa pedia que chegassem mais cedo, Augusto e Lorena prometiam tentar, mas passavam uma semana ligando para avisar que estavam presos com um cliente ou conta ou briefing, mercado coreano sempre foi mais difícil de convencer, marketing internacional, pensamento holístico, público-alvo, discussão com o expert, possível joint venture da agência inglesa, aquela, sabe, Nenê? Demorariam. Depois de vinte dias telefonando, paravam de ligar.

Uma semana após o jantar dos quatro membros da família juntos, uma semana após a ligação que os pais receberam, tudo voltava. Augusto e Lorena voltavam ao normal, voltavam depois da meia-noite, tudo voltava. Por fim, Clarissa e um homem estanho na casa.

E nada disso mudou com Arthur.

Lorena e Augusto mostraram os armários, a cozinha, a casa, o quarto onde ficaria, explicaram como funcionava o chuveiro, a banheira, o ar-condicionado e o controle remoto da televisão (a do quarto também full HD, conexão à internet, 3D, cinquenta e duas polegadas). Se tivesse dúvidas, podia perguntar.

Arthur, de imediato, desfez as malas no quarto de visitas. Guardou as roupas no armário (o único quarto da casa sem um closet), abandonou um relógio na mesa de cabeceira, assim como acessórios de prata, as pulseiras que usava, na escrivaninha. Junto das pulseiras, empilhavam-se revistas de desenho, de música, CDs gravados, rabiscos em canetinha que já haviam começado a acumular poeira, folhas em branco e livros que Clarissa nunca veria Arthur ler. Um estojo estourando de canetas coloridas, canetinhas hidrocor, lápis e lapiseiras e borrachas que Clarissa nunca veria Arthur usar. O rádio do quarto permaneceria no chão, mas outros CDs orbitariam fora da caixa em torno dele. Com o tempo, o cheiro de Arthur impregnaria o lugar. Com o tempo, a música de Arthur impregnaria as noites.

E pronto. De volta ao normal: o novo e calmo normal.

E Clarissa via essa alma pela casa. A Alma não acompanhava refeições, se trancava no quarto para jantar sanduíches, voltava, andava pela casa com a postura do desânimo, voltava, ficava no quarto, saía de vez em quando, ia para a escola, voltava.

Mesmo com Arthur, os pais ainda demoravam para chegar, Clarissa ainda almoçava na sala (a empregada na cozinha), precisava voltar de perua escolar, passava as tardes com Zazzles ou com o piano ou nas aulas de natação. Lia muito, estudava, ou no computador ou com os livros. Às vezes conseguia encontrar uns jogos. Feliz de chegar em casa com a melhor nota e elogios nos rodapés dos trabalhos. Os pais nem sempre viam, tinham tanto a fazer, mas Clarissa tinha os elogios. Os professores gostavam dela, viram só, mãe e pai? Alguém gostava.

Em segredo, mãe e pai, todos os pais do universo queriam que Clarissa fosse a filha deles, só que Lorena e Augusto não sabiam ainda, ok?

A mãe compensava a ausência: trazia roupas para Clarissa, sobre as quais Clarissa não pensava, apenas vestia, as blusas grandes demais. Trazia de surpresa eletrônicos da moda, todos os jovens queriam, Clarissa não os usaria. Uma vez, um MP3 player. A filha não gostava de ir às compras, de escolher roupas, de se ver.

Não gostava de se ver, fosse num espelho, no escuro do closet, nos olhos de vendedoras, ou suas opiniões ou sua linguagem corporal. Não gostava de se ver fosse na lataria de um carro. Não havia problema ou necessidade, afinal Clarissa passava a maior parte de seus dias com o uniforme escolar.

Mesmo com Arthur, Clarissa ainda tinha suas apresentações de piano.

Os pais pediram ao professor que Clarissa fosse a primeira a se apresentar. Era domingo de manhã. Não precisavam mais pedir, o professor já sabia do combinado, dos pais sem tempo. Caso ela precisasse se apresentar mais de uma vez — no fim ou em grupo —, Lorena e Augusto deixavam dinheiro para o táxi. Também poderiam combinar uma carona com outros pais. De qualquer maneira, Augusto, pelos cantos, fingia atender uma ligação no celular e Lorena o acompanhava. Uma vez que saíam do auditório, ele se enchia de música e eles tinham de ir.

Clarissa tocou um fá e os pais a levaram. Mas ela mal terminara! Não, não havia tempo para os colegas. Os outros pais aplaudiam enquanto Augusto vestia o casaco. O segundo aluno ajustou a partitura, e a família já saía pela porta de trás do auditório. Na volta, Lorena e Augusto a elogiaram.

Elogiavam-na sempre.

Augusto se apegava a algum trecho da apresentação, algum momento de brilhantismo que insistia em ver. Lorena elogiava o conjunto, sim, muito bom, sim, sim, tudo muito bem.

Os pais a deixaram em casa e voltaram para a agência. O evento começara às 20h, e às 20h34 Clarissa abria a porta de seu quarto.

Brigou com os pais para não ter uma televisão no quarto. Seria idêntica à da sala, full HD, conexão à internet, 3D, cinquenta e duas polegadas, mas ela não via utilidade nenhuma, em absoluto. Aceitou como autoindulgência o computador caro. O frigobar invadiu o cômodo antes que ela percebesse, assim como os salgadinhos que o lotavam, assim como as garrafas de refrigerante de seiscentos, os pacotinhos de bolacha. Sumiam e voltavam, sumiam e voltavam: Clarissa se detestava pelos pequenos luxos, por comer bobagens, por ter um frigobar, tamanha infantilidade, tamanho primarismo e amadorismo. Julgava tudo um grande exagero, e as vozes vinham junto do ruído das embalagens de alumínio. Clarissa ouvia e se ordenava "não coma" enquanto engolia todo o cheiro artificial dos salgadinhos.

Às vezes, voltavam as lembranças em momentos aleatórios. Lembranças de estar comendo. Clarissa sentia um jato de vergonha antes de afastar o pensamento.

Tão químicos, tão errados, que bobagem, tamanha infantilidade, tamanho primarismo.

Aquele era o quarto. O frigobar criador de culpa, o closet (viera com o apartamento (ao longo do dia, suas portas permaneciam fechadas (dentro do closet, um imenso espelho de corpo inteiro se impunha))), a televisão que Clarissa enxotara, o computador fruto de autoindulgência. O quarto — Clarissa não o julgaria assim, mas — poderia ser facilmente resumido entre autoindulgências ou mobília causadora de culpa. Das maiores autoindulgências, havia o piano — que sempre cheirava a novo — na frente do qual Clarissa se sentou.

Sentou-se na frente do seu piano digital Inue WX-500, o mais caro da categoria, som perfeito, igual ao de um piano acústico. A janela fechada bloqueava o ruído de carros da rua, embora um ouvinte atento ainda pudesse notar.

Mas não Clarissa. Não porque não fosse atenta, mas porque naquele instante não se importava. Sua casa estava assombrada pelo que era uma Alma e era um Homem. Deixou a mão ir de um lado para o outro, rolando-a devagar sobre o teclado, tocou as teclas em confusão, partiu de uma para outra. Sob o teclado, estendia-se um tapete fofo verde-limão. Esperava que alguma música saísse dali. Bateu sem força nas teclas, um ruído meio **fsd€®kmojaeoiefjiweoie2080$hah9 421iub3u^alôdμμμikeinenaikafai]] ^{unj^^d**.

Ou talvez não esperasse. Pausou, parou as mãos sobre as teclas.

— Qual o nome dessa? — Arthur disse, parado à porta. O Homem-Alma-Primo numa lufada de fedor.

O piano digital, Inue wx-500, as teclas, os botões coloridos, os avisos tecnológicos em inglês, traduzidos de ideogramas, Clarissa quis tocar com os olhos o som do teclado, os botões prontos para salsa, ritmo, bossa, vermelho, azul, magenta, púrpura. Baixou a cabeça. Disse que não ligasse para a barulheira, era assim mesmo. E por que ela tinha voltado tão cedo? Ela se calou. E seus pais? Clarissa já se levantava:

— Eles vêm depois.

Clarissa passou por Arthur na porta, cheiro de cigarro, afastou-se dele (de Arthur, do cheiro de cigarro e suor), foi até a sala de estar.

O sofá de veludo afundou enquanto Clarissa se mexia na frente da televisão (full HD, conexão à internet, 3D, cinquenta e duas polegadas) para assistir ao HX3, um dos cento e quarenta canais de televisão por assinatura disponíveis. O cheiro de limpeza ainda se sobrepunha ao de cigarro. Arthur parou atrás dela no sofá, apoiou-se no veludo. Estava tudo bem? Clarissa encarava a televisão (full HD, conexão à internet, 3D, cinquenta e duas polegadas), o pré-natal da sra. Weiss. Sim, estava, claro que estava, por que não estaria? Por que Arthur precisava saber tudo da vida de todo mundo, hein?

— É que — Arthur disse — vocês saíram tipo sete e pouco. São oito e meia. Era uma apresentação só sua? Mesmo assim... meio rápido.

Clarissa encarou o apresentador, que começava a enumerar os temas do programa. HX3, um canal de documentários, séries e programas educativos sobre ciência, tecnologia, história, meio ambiente e geografia.

Em torno da televisão, a moldura da tela full HD, conexão à internet, 3D, cinquenta e duas polegadas, feita pelo designer famoso sob medida para aquela parede, pensando no conjunto de cores branco-vermelho-azul da sala de estar. Aquele mesmo designer famoso escolheu o painel vermelho ao lado do sofá, escolheu a mesa de centro minimalista de cristal, escolheu os vasos brancos junto da porta com as orquídeas roxas-ou--vermelhas-ou-azuis, sempre recém-compradas.

Não foi o designer que escolheu as fotos de infância — e só de infância — pelo corredor, fotos que se ordenavam numa reta. Fotos de Clarissa com uma boneca enorme, a boneca sorria, Clarissa sorria, crianças em volta, Arthur já se afastara na troca de sons televisivos e de respiros. Virava-se corredor adentro.

— Mas tá, acho que falei alguma merda, sei lá. Acho que é assim mesmo esses horários, né? — Arthur caminhava entre os porta-retratos. — Desculpa ter me preocupado.

Clarissa observava a televisão (full HD, conexão à internet, 3D, cinquenta e duas polegadas), embora não prestasse muita atenção ao que aparecia na tela.

— É sempre assim — ela disse.

Arthur parou, olhando Clarissa.

— Mas por que seus pais não vêm pra casa?

— Eles têm que trabalhar.

Arthur parou atrás do sofá de novo. Mas por que Clarissa não ficara lá pelo troço?

— É. Eu poderia ter ficado no troço, voltado de táxi. Achei pegar carona mais fácil.

Mal Arthur se sentou no sofá ao lado de Clarissa, ela se encolheu na almofada. Zazzles dormia sobre uma cadeira junto da mesa de jantar. Um vento frio deslizava pela sala, entrando por algum vão da janela. O médico na televisão (full HD, conexão à internet, 3D, cinquenta e duas polegadas) falava do bebê da sra. Weiss, cesariana ou parto normal. Arthur olhou o médico, a expressão de quem tinha uma mensagem para ele.

— Pais. É uma merda.

Clarissa encarou, calada, a televisão (full HD, conexão à internet, 3D, cinquenta e duas polegadas).

Pés enfiados em meias, Clarissa pôs as pernas sobre o sofá e as abraçou. Sustentou sua quietude. Estavam no intervalo para os comerciais. Arthur olhava a televisão (full HD, conexão à internet, 3D, cinquenta e duas polegadas) como quem encara um aquário na sala de espera do dentista.

— Eu nunca conheci o meu pai.

— Quê?

— Mas um cacete de mundo já deve ter dito isso pra você, né?

Clarissa olhava a televisão (full HD, conexão à internet, 3D, cinquenta e duas polegadas), a sra. Weiss fazia um exame inovador, duraria o tempo de cinco toques telefônicos e sairia com o resultado de…, mas o pai de Arthur não tinha morrido? Talvez Clarissa nunca tivesse se perguntado. Só se lembrava da mãe dele, tia Cristina.

— É — Clarissa respondeu para a sala vazia.

O documentário apresentado na semana seguinte era sobre o pré-natal da sra. Weiss, mãe solo de cinquenta e oito anos: ser mãe era seu sonho desde os catorze. O vento frio, quiçá o mesmo da semana anterior, continuava a deslizar pela sala, ainda saído de algum vão da janela. Clarissa passou as mãos no pelo de Zazzles, conversou com ele, brincou com ele, chamou-o de gordo.

Arthur segurava um prato com um sanduíche, parou atrás do sofá entre o corredor e a cozinha.

— Esse episódio é bom pra caralho — ele disse. — Só que, tipo a vida, não pode ter expectativas.

Clarissa continuou a mexer em Zazzles. O que Arthur queria dizer?

— É que nem pais — Arthur disse.
— Oi?
— Você não pode esperar muito deles, nem eles de você.
Clarissa manteve Zazzles no colo, mas as mãos pararam.
— Arthur. Só fala o que você quer falar.
— Essa mulher tem sessenta anos, é gorda pra cacete, tem... como chama aquele distúrbio, muito merda, com insulina e glicose? — Arthur ficou alguns instantes pausando, olhando o nada. — Ah, diabetes. Ela tem diabetes, umas questões renais e hipertensão fodida. Engravidou. O que você acha que vai acontecer?

Zazzles lambeu a pata da frente e a passou na orelha. Clarissa olhou a televisão (full HD, conexão à internet, 3D, cinquenta e duas polegadas):

— Esse episódio é reprise?

Arthur se sentou ao lado dela com o sanduíche no colo. Sim, o episódio era reprise. E Arthur ia ver o programa de novo?

— Vou proteger você, porra — ele sorriu. — A cena de quando ela morre tem sangue saindo por tudo.

Clarissa sorriu, embora cruzasse os braços a cada palavrão. A maioria das pessoas dizia "com o perdão da palavra", ou nem falava nada. Ela cruzava os braços, mas ouvia o que era dito. Incomodava, poxa.

Talvez incomodasse por chamar tanta atenção.

O médico explicava que a sra. Weiss teria de priorizar frutas, escolher mais carboidratos complexos. Enquanto a sra. Weiss reclamava com a câmera, Arthur perguntou se os pais de Clarissa sempre chegavam depois da meia-noite. Clarissa encarava uma triste sra. Johnson.

— Pais. É uma merda.

Daquela vez com um final triste, o apresentador lamentou que mais um programa ia terminando. Enquanto narrava o fim da sra. Weiss, lembrou que a vida também era feita de momentos agradáveis, e, para momentos agradáveis, nada como uma câmera digital Tekpyxx F1000, que serve como filmadora, webcam, gravador de voz e — claro! — câmera digital de alta definição. Arthur imitou o tom de voz grave do apresentador:

— E mais um de nossos programas está podendo estar terminando...

Clarissa e Arthur sorriram. No sorriso de Arthur, Clarissa viu a primeira hipótese de vida.

Clarissa não tinha como saber que não. Nada estava terminando. Não tinha como saber que ela e Arthur tinham começado muito antes.

E o portão da garagem na casa dos avós apenas começa a se erguer com lentidão após Milena apertar o botão do controle remoto. Clarissa ouve os rangidos e Arthur estalar o pescoço. Augusto engata a primeira.

A ONU estima que 4,4 pessoas nasçam por segundo no planeta e 1,8 pessoa morra por segundo no planeta.
Tique, 4,4
taque, 1,8
E agora você é mais velho do que você jamais foi.
Tique
taque
E agora você.

Enquanto saem do carro, Clarissa ouve a voz das tias vindo de dentro da sala. Algumas das primas de oito e nove anos correm em direção a Augusto e Lorena para abraços e perguntas sobre presentes.

Presente, o dono do bar não estava. Confiava na filha, amiga de Arthur. Além de Arthur, ela era amiga de Nando, amiga de Ike, amiga de Chico, amiga da Carô, amiga de Preta, amiga de Hugo e de Caim — embora Hugo não se chamasse Hugo, e Caim se chamasse Caio —, amiga de Vade, amiga de Luiz, amiga de Renan, amiga do irmão do Renan, amiga da Ju, que era prima da Momi, e dos três irmãos da Ju, amiga de todo mundo que convidasse ao bar, incluindo Clarissa. Verdade seja dita, amiga de Cla, afinal *Clarissa* não tinha amigos.

Naquela tarde, eram cinco e se sentavam no chão da cozinha. Os azulejos refrescavam. A cozinha cheirava a limpeza, a banheiro de gente rica, apesar de um leve ar de gordura que se grudava em cantos próximos aos banheiros dos empregados.

Só ficavam na cozinha quando eram até seis pessoas. Se fossem mais, iriam para o bar, com música, onde poderiam pegar cerveja, fumar perto da janela, ligar o rádio, catar os baralhos do pai (os números já estavam sumindo), jogar sinuca (bolas batendo nos tacos, nas bolas, deslizando suave no feltro, murmúrios, grunhidos concordando e discordando), pebolim (gritos de gol, som de bolinhas batendo nos bonecos, na mesa de madeira, vai, volta, rápido, gol, melhor de três, de cinco, peraí), podiam sumir no banheiro.

O dono do bar confiava na filha. Acima de tudo, o dono do bar sempre achava que o sumiço da cerveja e o cheiro de cigarro eram culpa dele. Muito antes de Rorô, os cigarros, a cerveja e todo o resto eram culpa dele. Portanto, resolveu-se não falar sobre o que acontecia quando o pai permitia que a filha trouxesse os amigos para o bar.

Assim como o pai de Caim não notava quando a espingarda de caça sumia nas sextas-feiras ou nos sábados de manhã. Ao menos quando Clarissa os acompanhava, metiam-se em um ônibus até o fim da linha, iam ao Mato Redondo, atiravam desde em latas até em faisões, e Clarissa sabia que iriam trazer de volta e assar um churrasco com os bichos se tivessem como levar para casa, se o cobrador do ônibus já não tivesse embarreirado quando tentaram.

Era claro que nenhum pai notava.

Assim como a mãe de Ike não permitia que o filho tomasse táxi ou ônibus, mas fazia questão de levá-lo de carro todas as semanas até a casa de Arthur para estudar, fazer trabalhos ou para que os dois passassem a tarde juntos. Claro que no fim do ano, com a partida de Arthur em vista, as visitas de Ike se reduziam para de quinze em quinze dias.

Assim como Momi precisava comprar calcinhas novas de seis em seis meses, mas não as jogava fora nunca. Se a mãe perguntava, Momi dizia que já jogara fora, estavam velhas, não dava para usar.

Assim como a mãe de Cla achava que Clarissa estava na aula de natação, mas era só mais uma faltinha, nada de mais. Não era como se Clarissa não tivesse as melhores notas da turma e, se não as tivesse, não era como se a mãe fosse ver. A diferença de um dez para um 9,8 — para um 9,4 para um 9,3 para um 9,1 — era muito pequena. Era só a sétima série.

E, naquela tarde, os seis se sentavam num círculo na cozinha gelada. Para eles, a cozinha branca, com as panelas sobre as bancadas, guardara esse jeito de lar, mais do que qualquer um dos jovens ali conheceria. Arthur falava em não ir mais à escola, de parar e depois ir para um EJA, em estar cansado, acendia um cigarro, e Rorô arrancava de Arthur.

— Na cozinha não, caralho.

Arthur pedia desculpas, prometendo não repetir, e prosseguia. Conversavam sobre coisas, coisas, coisas. O Vade, sempre o Vade, falava do vestibular. Estava no primeiro ano do ensino médio e já tinha começado a se preparar para a prova de medicina.

Quinze minutos de futebol, de alguma propaganda, de alguma celebridade instantânea, de uma futura festa dos mais velhos, de um lugar que pedia carteira de identidade para entrar, de outro lugar que não pedia, de carteiras de identidade falsas, de veteranos de faculdades que não frequentavam, de faculdades, as federais, dizia Vade, as federais, de álcool, de pessoas se pegando, e Arthur acendia um cigarro, por necessidade, provocação ou alheamento, Clarissa pensava. Rorô apagava o cigarro antes da primeira tragada.

— Na cozinha não, caralho.

Séries de cigarros mal fumados se aglomeravam ao lado dos pés descalços de Rorô. Suas sandálias rasteiras haviam ficado na entrada da cozinha.

Arthur se deitou no chão gelado, os amigos conversavam. Voltaram ao assunto da escola, provas finais.

— Vade, falta um mês pra dezembro...

— E cê aí falando de prova final...

Mas o que cairia, o que estudariam, se seriam aprovados, a média aritmética, a primeira prova trimestral que já fora, o que mais o professor ensinaria...

— ... É que falta tão pouco pro fim do ano... — Vade disse.

— Relaxa, Vade — disseram vários em vários momentos do diálogo.

— Vade, pra você o fim do ano começou em março.

— Relaxa, Vade — disseram vários em vários momentos do diálogo.

Clarissa mal tinha certeza se os pais deixariam o assunto da festa com a bebedeira do gato em paz, e Vade, olhos fixos nos tênis de Arthur, perguntava: Deixar de ir à escola assim? Arthur não tinha medo? Pelas coisas que iam acontecer? As que podiam acontecer? O que ia acontecer com Arthur daqui a dez anos? Arthur podia se arrepender. Clarissa viu graça na certeza-incerteza de Vade. Um pedaço da sola do tênis de Clarissa se soltava do resto, um fiapo que despencava e desprendia. Clarissa arrancou um pedacinho da sola azul do tênis cor-de-rosa.

— Ah, Vade, o futuro sempre é certo.

Vade se virou para Cla.

— Como assim?

— Não importa o que você faz, o que você planeja, quando a sua vida acontece, era isso que tinha que acontecer. Um terremoto faz você conhecer sua esposa, uma promoção te obriga a se mudar pra Bulgária, e na Bulgária...

Arthur sorria ao se sentar. Acendeu um cigarro.

— Minha garota — olhou para Rorô. — Tá, tá, na cozinha não.

Apagou o cigarro e jogou junto aos outros. Vade olhava para os dois com uma careta.

— Ninguém quis trazer o narguilé?

Não, ninguém quisera. Por "ninguém", Vade se referia a Ju, cujos pais tinham um narguilé que passava mais tempo fora, numa sacola de loja de grife, do que dentro de casa. Conversaram sobre os fumos do narguilé, sobre quando a Ju achava que conseguiria tirá-lo de casa de novo, sobre a última vez que fumaram, sobre os colegas universitários do irmão do Renan.

Clarissa ouviu e participou: sim, a Ju, mas e se, não, não era aquele de melancia? Não, ela não quis, não gostava nem do cheiro. Argh, fedia demais, usaram água de não sei o quê...

Clarissa vestia uma saia dois tamanhos maior do que precisava, presente da mãe, trazida de uma viagem, viagem que a mãe fizera sozinha.

Clarissa cruzou as pernas — a voz dos cinco ecoava na cozinha —, ouviu Vade comentar de uma folha que o professor entregara na data errada, ouviu ordens para Vade calar a boca, falaram de alguém que estava comendo alguém, alguém que queria comer alguém, falaram do novo fogão, do cheiro de novo, Arthur perguntou se funcionava melhor, falando em novo, perguntaram do novo namorado de Momi quando Vade pôs a mão no joelho de Clarissa.

No joelho de Clarissa, a garota de onze anos que detestava abraços e que só fazia contato visual com Arthur.

Os dedos de Vade se abriam e se fechavam, numa tentativa de puxar o joelho — e a perna e as canelas e as coxas e Clarissa — inteiro para dentro da palma da mão. Clarissa não saberia dizer se Vade estava olhando para ela, para seu joelho, se se confundira. Ajeitou a saia ao se pôr em pé. Arthur riu ao ver Clarissa se sentar ao lado dele. Acontecera alguma coisa? Nada não.

O primo passou o braço em torno da prima. Levantava.

Demorou menos de três minutos até Arthur concluir os diálogos, menos de um minuto até Arthur e Clarissa chegarem

à porta. Contando de quando estavam a sós na rua, Arthur não demorou nem um minuto até perguntar o que houvera.
— Nada não.
Clarissa procurava o próximo ônibus que passaria na rua, carros, mas só encontrou um carroceiro distante e cheiro de bosta de cavalo. Arthur encarou a rua, talvez também procurando o próximo ônibus. O cheiro de fumaça veio primeiro: outro carro passou.
Por entre os abraços familiares, passam as vozes infantis, passam os abraços nas crianças, as tias se aproximam, sorriem e se indicam, explicando onde uma e outra estão.

A porta giratória bipava sempre que ela passava, tinha de segurar o vade-mécum com os dois braços, não cabia na bolsa, tinha de ir ao banco, tinha de tirar as coisas da bolsa, tinha o trabalho de Penal ainda aquela semana, celular, chaves, guarda-chuva, o banco ia fechar em quinze minutos, vade-mécum nos braços, Constituição Federal, Civil, CLT, ECA, Estatuto da OAB, juizados especiais cíveis e criminais, Estatuto do Idoso, Código de Defesa do Consumidor, mais duas mil páginas nos braços, pesava demais, tinha de pagar o cartão de transporte estudantil no banco, conseguir o desconto de meia passagem, senão ia pagar dois e setenta, se pagasse dois e setenta não ia conseguir pagar as cópias da faculdade, a moça da prefeitura ligou, tinha de marcar a entrevista de estágio, mas ela mentira no currículo, falava francês, colocou a carteira dentro do treco de plástico para o guarda, ainda precisava alisar o cabelo para a entrevista, tentou passar, bipou, a porta bloqueou, certeza que não tem uma três-oitão aí não, moça?, os guardas riram, um guarda olhou o decote, e agora você, ela apertava o vade-mécum contra si, duas mil páginas, tentou passar de novo.

— Vocês me deem um instantinho — Augusto diz — que meu celular tá tocando... É da agência...
— Aham, sei — Arthur diz. — É a secretária, isso sim.
Ao ver Lorena e Augusto rirem, Clarissa força um sorriso junto. Sorri porque deve.
— Pô, Augusto — um tio diz.
— No Natal...
— Alô — atende Augusto.
— Alô — Clarissa quase tropeçara em Zazzles ao correr pela sala.
— EU QUERO FALAR COM AQUELE PUTINHO
— Oi?
— ME DEIXA FALAR COM ELE AGORA
— Quem tá falando?
— VOCÊ NÃO VAI PASSAR O TELEFONE PRAQUELE PAU-NOC, É
— Ingrid?
— DIZ PRA ELE QUE ELE É UM PUTO EGOÍSTA
— Ingrid?
— QUE ELE NÃO GOSTA DE NADA NEM DE NINGUÉM ALÉM DELE MESMO
— Desculpa, eu vou desligar agora...
— ELE NÃO SE IMPORTA COM NADA VOCÊ OUVIU NADA E VOCÊ CLARISSA SÓ TÁ SE FODENDO JUNTO
— Tchau.

— UM INTERESSEIRO QUE
Clarissa desligou.
Augusto desliga.

A fada era muito bonita. Tinha o cabelo grande enorme, bem grande grande grande mesmo. Tipo uma Susie da televisão. A fada gostava de falar e falava falava falava, aham, falava.

Ela me contou de um lugar bem bonito, bem grande grande enorme, verde. Um lugar com um castelo com um rei, um príncipe e eu podia ser a princesa. As princesas todas tinham o cabelo grande enorme, bem grande. Mas não tinha princesa agora, ela disse.

Me deu vontade de ir. Ir mesmo, mesmo mesmo mesmo com minhas coisas e tudo. Acho que a mãe ia ficar triste. Mas eu não sei quando ela ia notar que eu fui.

Augusto, Lorena, Arthur e Clarissa cumprimentam tios, tias, primos, primas, sogros, sogras, sobrinhos, avó e avô, três beijinhos, me dá um abraço, esqueceu do meu, é? Lorena insiste no fato de que Clarissa conhece sim os amigos antigos da família — eles a viram nascer! — enquanto anota os números de telefone deles.

Augusto tinha o telefone de todos os organizadores. A agência ganhara os ingressos pela campanha publicitária para o evento. Embora fosse sábado, apenas Augusto os levava. Ofereceu-se para levar os dois — tão íntimos agora, tão amigos! — àquela ópera que tanto queriam. Ao menos Clarissa tanto queria.

— Aliás, Arthur, não vai se acostumando com essa vida boa não... — e sorriu.

Clarissa não notaria isso até muitos meses depois (e, quando notasse, se obrigaria a não saber de mais nada), mas Augusto sorria muito para Arthur.

Arthur sorriu de volta.

— Imagina, Augusto... Eu fico agradecido pra cacete de você ter saído assim da sua rotina. Porra, só pra nós...

Passaram o caminho inteiro rumo à ópera se agradecendo e se elogiando: soltos.

— mas imagina, Arthur

— e o papai nunquinha, nunquinha fez dessas, sabia?

— uma pena que a mamãe não

— a Lorena, pobrezinha, ela

— mas é uma sorte que vocês puderam vir, queridos

— e esse semáforo

— pai?

— não, não deu pra ir esta semana, cara, vou na outra

— mas a sua companhia também é foda, Augusto, opa, foi mal pelo palavrão

— hahaha, não se preocupa, todo mundo fala palavrão e finge que

— fala isso pra

— que exagero, Nenê

— merda, hein

— a aula de espanhol de

— vocês viram o design dos ingressos? Laranja emana criatividade, energia

— muito legal, papai

— do caralho, Augusto

— quero só ver quando você for designer lá na agência, hein, Arthur

Agradeceram-se pela companhia e pela carona, elogiaram-se durante o percurso.

E Clarissa sabia que tudo estava em seu devido lugar.

— Alguém sabe — tia Paula grita da cozinha — quem tirou a porcelana do lugar?

Encontram a porcelana. Estabelece-se novamente a paz e os arranjos para o almoço. Após Clarissa cumprimentar todas as tias, nota que Arthur pergunta pela mãe. Assim que entram, Augusto pergunta por Cristina. Não chegou ainda? Ela tem passado bem? E a última visita de Arthur? Tia Rosângela avisa: não, não, está ali para dentro dos quartos, conversando com a Ana, não, não, tia Rosângela não sabe sobre o quê, não, não mesmo...

Era amiga da família, apesar de não ter nenhuma ligação sanguínea. As crianças a chamavam de tia Célia. Frequentava a casa desde que haviam nascido, ajudara a criar todas e, mesmo durante a adolescência, os filhos jamais suspeitariam das fotos que mamãe, papai e tia Célia tiravam de ménages à trois e distribuíam on-line.

Lorena se oferece para ajudar com os preparativos finais do almoço. Já localizaram a porcelana, não é? Ela vai buscar, sem problemas...

— ... sim, sim, eu consigo sozinha — Lorena diz. — Não se preocupem.

— Não se preocupe — dissera o homem que bateu no para-choque de Lorena. —Vamos resolver tudo sem discussões.

Deu seu cartão com o telefone do escritório, da casa e o e-mail. Insistiu em falar que seu seguro cobriria e que era culpa dele. O sedã japonês, porém, ficou na concessionária autorizada para o conserto.

A casa estava vazia quando Lorena chegou, às cinco. Chamou por Arthur, foi até seu quarto e bateu na porta. Celular na mão, acessou o menu, os contatos, ligou para Augusto. Perguntou se ele estava na BBL Seguros, contou que um idiota batera no para-choque, agora o carro estava no conserto...

— ... e, pra coroar — ela disse —, eu não sei onde o Arthur se meteu. De novo. — Augusto soltou um muxoxo. Lorena prosseguiu: — Me diz como que ele vai buscar a Clarissa se ele vai passar na agência pra pegar o meu carro e não vai ter carro nenhum, me diz.

Augusto sugeriu ligar para a escola de natação, pedir que Clarissa esperasse. Quem sabe, Lorena buscaria Clarissa...

— ... você pode ir de táxi, ou eu dou um jeito aqui, e o Marcos...

— Não, você não sai daí enquanto não apresentar — Lorena disse enquanto Augusto ria. Ele disse que estavam perto. Lorena perguntou sobre a apresentação, os números, os dados, enquanto Augusto deu detalhes do cliente. Falaram do cliente.

— Então tá — Lorena disse. — Eu vou ficar aqui, esperando pra ver se o Arthur aparece, daí ele vai de táxi.

— Relaxa...

— Esse moleque interfere nas nossas vidas de um jeito...

O som dos risos de Augusto soou pelo telefone. Disse que ia ficar tudo, tudo bem.

Lorena disse:

— Não foi no seu carro que bateram.

E se despediram, usando "amor" como vocativo.

O celular estático nas mãos, Lorena acessou o menu, os contatos, a escola Aqualoucura, falou com a secretária sobre a turma infantil que estava em aula naquele momento. Enquanto aguardava que a secretária chamasse sua filha, Lorena olhou para Zazzles desfilando devagar pela sala de estar.

— Alô, senhora — a secretária disse —, Clarissa Gespannt Trindade é o nome?

Sim, era aquele mesmo. Lorena descreveu a menina de novo: o cabelo comprido, os olhos cor de mel, altura mediana, falava baixo, era meio gordinha.

A secretária começou uma frase com: "Ela não...", mas parou. Voltou a falar:

— Sim, essa menina é daqui. Só que ela não veio na aula hoje não.

Clarissa voltava da natação às seis e meia da tarde. Imitando a voz da secretária, *mimimi, não veio na aula hoje não, mimimi*, Lorena se sentou no sofá italiano de veludo escolhido pelo designer famoso, sofá que, aliás, fora feito sob medida. Zazzles em seus pés, celular ao lado, Lorena puxou um romance de

Camembert, autor conhecido por seus sucessos de venda. Ela virava uma página, olhava para a página, olhava para a página, virava-se para a porta, virava outra página, olhava para a página, olhava para a página, virava-se para a porta.

Ligou para o escritório e confirmou com a atendente que Clarissa não tinha aparecido ali por acidente. Pediu para não avisar o marido. Desligou o celular. Zazzles subiu no sofá e tentou se esfregar nela:

— E quem mais? Não... tem ninguém mais.

A televisão (full HD, conexão à internet, 3D, cinquenta e duas polegadas) permaneceu desligada, permaneceu com a moldura escolhida pelo designer famoso, a mesa de cristal minimalista permaneceu vazia, nada, nada, o painel vermelho abstrato permaneceu vermelho-escarlate-rosa, a porta para a cozinha permaneceu aberta, os sons do relógio permaneciam tique e taque, tique e taque, Lorena virava uma página, olhava para a página, olhava para a página, a porta da cozinha permaneceu aberta, virava-se para a porta, Lorena virava uma página, olhava para a página, olhava para a página, virava-se para a porta, as paredes brancas continuaram branco-gelo, o tapete permaneceu branco-antigo #FAEBD7.

Arthur e Clarissa chegaram com uma brisa de vento frio que vinha do corredor, vinha do prédio, brisa que contornou o vaso branco do lado da porta, contornou as orquídeas roxas, porque já escurecia, porque era inverno, porque o inverno em São Patrício é o pior inverno, porque é como o inverno de cidade do interior nas montanhas, só que é na capital, só que é na cidade mais urbanizada e com o maior PIB do país, a quinta maior cidade do mundo. Zazzles se levantou dos pés de Lorena e se meteu pelos quartos.

Clarissa fechou a porta, 18h23. Viu a mãe sentada no sofá da sala, lendo. Após o vento frio, Lorena se virou para a porta e, olhos na filha, sorriu, Arthur sorriu, Clarissa sorriu: todo mundo sorria. Ao se aproximar rumo a um abraço na mãe, Clarissa se perguntava: por que ela chegara tão cedo? Onde estava o papai? Arthur recolheu a mochila de Clarissa enquanto caminhava corredor adentro.

— Espera um pouco, Arthur — Lorena disse. — Me diz: você conseguiu achar o carro direitinho na agência hoje?

Arthur piscou, demorou um pouco para responder. Clarissa olhou para os lados, para a sala, em busca de Zazzles, em busca do pai, do cheiro do pai. A mãe não respondera sobre o pai. Se o pai estivesse em casa, talvez fosse um pouco mais fácil.

Arthur mentiu: ele buscara Clarissa de ônibus naquele dia, afinal havia passado a tarde na casa de um colega e, como já estava na zona leste, buscou Clarissa de ônibus. Lorena assentiu com a cabeça, sim, sim, muito bem. Clarissa via diversão no rosto da mãe, que pediu que Arthur dissesse como conseguiram chegar no mesmo horário de ônibus do que de carro, qual linha era? Não queria regiões perigosas. Arthur franziu a testa. Uma nova, a T53, ia direto pela avenida Perimetral, não pegava os engarrafamentos todos, os ônibus eram limpos, recém-saídos da fábrica, ar-condicionado, wi-fi e tudo. Lorena sorriu. E que horas Arthur buscara Clarissa?

— No horário de sempre — Arthur mentiu —, às seis.

— Engraçado — Lorena disse —, eu liguei pra lá às cinco horas e a Clarissa não tinha ido à aula.

Clarissa mordeu o lábio.

— Mamãe, o papai tá em casa?

— Clarissa, amorzinho, a gente fala do teu papai depois — Lorena olhava para Arthur. — Agora eu quero que o Arthur me explique o teletransporte.

Clarissa elevou a voz:

— Ele não tem que responder nada pra você. — Lorena se virou para Clarissa, que, cada vez mais, via diversão no olhar da mãe. Clarissa insistiu: — O papai tá em casa?

— Se você quer esperar seu papai chegar, nós esperamos seu papai chegar — Lorena disse, abrindo o livro de novo. — Mas o teletransporte que o Arthur ia me explicar sozinho eu vou querer que os dois me expliquem — Lorena puxou o marcador e se voltou para a página.

Sentada sobre a cama, Clarissa observou Arthur passar um cotonete com álcool para limpar o excesso de sujeira que se acumulava em torno do alargador. Tornara-se uma rotina. Clarissa tentou, em silêncio, encher todo o pulmão de ar: sim, o pai compreenderia. O pai gostava de Arthur, não gostava?

O sorriso do garoto a tranquilizou. Falou que não haviam feito nada de errado. E não fizeram. Só ficaram fora, deram uma volta. Saíram, como de hábito, ficaram perto de casa, os dois. Haviam caminhado, lancharam. Quando chegou o horário em que Arthur deveria ir até a agência buscar o carro para levar Clarissa à natação, ela respondeu pela primeira vez. Arthur sempre perguntava por que ela ia, por que fazia o que os pais queriam que fizesse, ela era uma criança, precisava de tempo livre para si. Devia ignorar professores, pais, ela era autoridade dela mesma, queria mesmo ir? O que faria na aula? As férias haviam recém-acabado, não faria falta!

Naquela tarde, Clarissa respondeu a Arthur. Não foi à aula de natação.

Entre a poltrona de panda e o tapete, no laptop de Clarissa, Arthur procurou na internet por figuras para uma nova tatuagem no braço. Clarissa comeu os chocolates que guardava nas gavetas e no frigobar, brincou com Zazzles, conferiu se a empregada tinha limpado a caixa de areia, encheu o pote de água, de ração, escovou o pelo.

Clarissa fez seus deveres, Arthur não.

Conversaram.

— A gente não fez nada de errado, caralho — Arthur disse. — As pessoas te ensinam que porra é certa e errada.

— Ah, é...

Conversaram.

Logo após Clarissa decidir que revisaria as lições de piano, ouviu a voz do pai na sala.

Zazzles pulava de um braço do sofá para outro. Augusto trouxera consigo o clima gelado da rua, que permanecia na sala vazia. A televisão (full HD, conexão à internet, 3D, cinquenta e duas polegadas) estava desligada.

Arthur decorava o sofá, e o cheiro de cigarro quebrava sua aura de tranquilidade. Após Clarissa se sentar ao lado dele, Arthur olhou e riu com os olhos. Antes que Clarissa perguntasse, ele explicou que Augusto e Lorena estavam na cozinha fazendo café.

— Mas, se algum filho da puta quiser saber o que eu acho — Arthur disse —, a sua mãe quer mesmo é botar dente em galinha.

Chocolate quente com chantilly e um pratinho de cookies prontos: Augusto pousava a bandeja na mesinha de centro minimalista de cristal. Mal todos haviam pegado suas xícaras e começado a soprar a bebida, ou mexer nela com a colher, ou lamber o chantilly, Lorena disse:

— Então, Nenê, como foi seu dia?

A fala de Arthur ressoou em Clarissa: "A gente não fez nada de errado". Tomou um gole de chocolate quente, textura aveludada descendo pela garganta. O dia tinha sido bom, sim. Lorena assentiu com a cabeça.

— Não tinha um assunto que você queria falar com o seu papai?

Clarissa tomou mais um gole de chocolate quente, textura aveludada descendo pela garganta. Tossiu e disse:

— Hoje eu não fui à aula de natação.

Lorena soltou um "Oh!", arregalou os olhos, pôs a mão no peito, inclinou a cabeça, o que Clarissa viu como o pior fingimento da mãe. Augusto e Arthur se encaravam com, Clarissa achou, olhares de riso em relação à atitude de Lorena. Enquanto Arthur baixou a cabeça e voltou a tomar chocolate quente, Augusto franzia a testa:

— E por que você faltou à aula?

Clarissa olhou de volta para o pai.

— Porque eu quis.

Outro "Oh!" de Lorena, as mãos ainda sobre o peito.

— Mas e Arthur? E o ônibus? — E apontou para Arthur.

Clarissa respondeu:

— O Arthur não manda em mim.

Augusto e Arthur sorriam e se entreolhavam sobre seus chocolates.

— Escuta, Nenê — Augusto mexeu a colher na xícara —, você não pode deixar a sua mamãe preocupada assim... — ao fundo, Lorena dizia: "Isso mesmo!". — Você podia ter se machucado. Você precisa nos avisar. Não tem nada errado em matar uma aula ou outra...

Lorena o olhou.

— Mas agora você tá me dizendo isso também?

Augusto suspirou:

— Mas, Lorena, eles tão bem agora, a Cla tem o direito de relaxar um pouco, de sair de casa, nunca incomodou...

— Você sabe exatamente com quem tá parecendo e eu não gosto desse discurso — Lorena pousou a xícara na mesinha de centro, encarando o marido. — A Clarissa era uma menina feliz e ela seria mesmo se... — Lorena olhou para Arthur.

A xícara de chocolate quente de Augusto ocupava suas mãos enquanto ele se levantava. Disse a Clarissa que a briga não era mais dele, mas que ela devia respeitar a mãe acima de tudo. Avisou que iria dormir.

Assim que Lorena, Arthur e Clarissa ficaram sozinhos na sala, Lorena olhou para Arthur.

— Arthur, quantas vezes eu já te pedi pra mudar?

Arthur tomou um gole de chocolate quente e, ao terminar, ganhou um bigode de chantilly. Não o limpou e não respondeu, apenas olhou para Lorena, como um estrangeiro que não entende as palavras mas gosta de ouvir a musicalidade das frases. Lorena olhou de Arthur para Clarissa, de Clarissa para Arthur.

— Você mentiu pra mim mais de uma vez, você mentiu sobre a minha família, você pôs a minha filha em risco, você ensinou a minha filha a matar aula, ela responde ao que eu falo, você, você, você. Você não mudou desde que veio pra cá e não vai mudar nunca — Lorena olhava para Arthur. — Você passou dos limites — Lorena se inclinava para a frente, na direção de Clarissa: — Sabe quando o Augusto disse para respeitar a mamãe acima de tudo?

Mais silêncio, mais um gole de chocolate quente, um bigodinho de chantilly, mais sílabas, os idiomas para Arthur tão dançantes, mais forte. Clarissa sabia que a mãe esperava uma interrupção, mas, se Arthur não interrompia Lorena, devia haver um motivo. Imitou. Lorena ainda olhava Clarissa ao se levantar. Deixou a sua xícara de chocolate quente para trás.

— Eu não quero mais você morando nesta casa.

Arthur, devagar, da esquerda para a direita, foi limpando com a manga do casaco de moletom o bigodinho de chantilly. Permaneceu em silêncio, e Clarissa viu que Lorena se irritava cada vez mais. Lorena berrou, seguindo para o corredor:

— Nem que eu te arranque em pedaços que eu mesma cortar.

No corredor, Lorena passou pelas fotos de Clarissa e Augusto na Champs-Élysées. Quiçá em voz baixa demais, quiçá em voz normal, Lorena olhou para a parede no fundo da sala:

— Em agosto, você não mora mais aqui.

E Clarissa ouviu.

Arthur e ela trocaram silêncios, Clarissa esperançosa de que ele não tivesse ouvido. Se Arthur tivesse ouvido a segunda frase — Clarissa sabia —, ele teria feito um comentário engraçadinho, ridicularizaria Lorena, a situação. Mas ele não fez, não naquele instante. Clarissa ouviu Arthur e ela mesma em suas quietudes, ouviu Augusto lavar a própria xícara na cozinha.

Chocolate quente e chantilly transbordavam da xícara de Lorena. Ela bebera um gole. A prima abraçou o primo. Ele passou a mão pelos cabelos dela, perguntou se ela já tomara banho. Em vez de responder, Clarissa o fez prometer que não iria embora no mês seguinte. Arthur riu, ainda a abraçando:

— A vantagem de ter dois pais é que sua mãe não toma nenhuma decisão sozinha.

A água do chuveiro se misturou com poucas lágrimas infantis. Só o suficiente. As gotículas de vapor cobriram os azulejos, cobriram devagar o vidro do boxe, cobriram o chão, que era uma banheira. O vapor subiu pelo boxe, parou nos detalhes de mármore preto, cobriu a meia parede de cerâmica retificada, nublou a torneira de inox e turvou o espelho.

Depois de desligar o chuveiro, Clarissa parou. Entre um secar as costas e outro, não mais. O pijama cheirava a amaciante, os lençóis gelaram o corpo.

Estava naquele estado de pegar no sono em que se sente a perna tropeçar no nada quando a mãe, após bater na porta aberta, entrou no quarto. As luzes apagadas, o barulho dos passos enquanto ela desviava do teclado, da escrivaninha, do frigobar, das estantes e prateleiras, do miniglobo desligado, da porta fechada do closet, desviava dos ursinhos de pelúcia no chão.

Apesar das tentativas de interferência de Lorena, ela nunca gritara. A verdade de Clarissa era que Lorena não via. Chegava tarde a ponto de ver apenas, e a duras penas, uma realidade que Arthur e Clarissa montavam com cuidado. Onde estiveram, o que fizeram, com quem. Lorena era uma jornalista da Segunda Guerra Mundial que chegara à França em 2011. Resumia-se a futricar nas mentiras pensadas holisticamente, a analisar escombros. Arthur e Clarissa tinham tempo para organizar o que era visto e, por acidente, a realidade os frustrara naquela tarde. Se Lorena visse tudo, teria dito antes que queria Arthur fora. Até aquela noite, Lorena se resumira à primeira briga, ao alargador.

Lorena se sentou ao lado da cama na poltrona em formato de panda e, em voz baixa, perguntou o que acontecera na sala. Clarissa manteve os olhos fechados: nada.

— Nenê, tudo o que eu faço — Lorena inclinou a cabeça —, eu faço pensando em você.

Junto da barriga de Clarissa, Zazzles dormia num amontoado de calor.

(veloz: a mãe queria saber, Clarissa gostava)

Clarissa manteve os olhos fechados ao dizer que não queria que ele fosse. Lorena acarinhou o cobertor morno.

— Ele vai em dezembro, Nenê. Isso não tem como mudar.

— Então espera.

Lorena se levantou em silêncio. Em silêncio, atravessou o corredor e se deitou em sua cama. E, parada, olhando para o teto do quarto, contou para Augusto o que dissera, a reação

irritante de Arthur, a audácia de Clarissa, contou o que resolvera, que não queria Arthur morando lá, contou sobre Clarissa. Augusto, de olhos fechados, com voz sonolenta, bocejou:
— Deixa o garoto ficar.
— Ele não presta.
— Não pela Clarissa, mas por ele.
— Ele não presta.
— Por nós?
— Como se a gente tivesse ganhando alguma coisa nessa história.
— A Clarissa é um exemplo de menina.
— É justamente esse meu medo.
— Duvido. O garoto não serve pra nada.
— Esse sim é o seu medo.
— A inutilidade do Arthur?
— O fato de que você não controla ele.
— A terapia de casal te ensinou algumas palavras, pelo menos.
— Só porque você não vê valor no Arthur, não quer dizer que ele não tenha.
— Não, ele não presta mesmo.
— Às vezes ser uma má influência é melhor do que não ser influência nenhuma.
Prosseguiram.
Em breve, Arthur ligaria o Light Green para dormir.
Em breve, a lasanha do almoço ficará pronta. A casa dos avós tem um cheiro eterno de lasanha e de madeira.

Eu queria borboletas no estômago por causa dele, queria mesmo.
Qualquer coisa.

Lorena puxa Clarissa pelo braço. Pede sua ajuda para pôr a mesa enquanto lhe entrega uma pilha de pratos. A mãe aponta um balcão: Clarissa consegue carregar aqueles pratos também? E mais aqueles, Clarissa consegue?

Quando Clarissa conseguia os dois pais em casa para o jantar, a presença deles já era motivo de celebração. Eram quase nove horas, o clima começava a finalmente esfriar, o sol havia, finalmente, se posto.

— Este maldito horário de verão não me deixa dormir nem uma hora... — Lorena disse.

Zazzles circulava sob a mesa de jantar, macio e lento, ronronando e se esfregando nas canelas. Lorena comeu mais uma garfada da salada italiana.

— E o Arthur?

Clarissa tomou o suco enquanto respondia que ele estava na casa de um colega, estudando, isso que ele dissera. Lorena comentou que era bom que Arthur tivesse amigos, não era? Estava começando a se preocupar que ele nunca ia sair do quarto. Augusto brincou:

— Ele anda muito bem com a Clarissa, isso eu sei...

Clarissa corou. Não queria que o garoto solitário piorasse. Só. Além do mais, era um ótimo companheiro para programas de televisão. Os três riram. Ele estava se adaptando bem? Estava gostando? Comentava algo? Não, nada. Falou um pouco de casa. De Distante. Só.

Augusto e Lorena cumprimentaram Arthur com olás e tudo bens quando o viram entrar pela porta, o dia escuro. Nada questionariam. Enquanto Arthur comia restos do jantar, conversou com Clarissa. Só.

Amigos, sim, Arthur começava a fazer uns. Saía com mais frequência para passar a tarde com eles. Convidava Clarissa, que recusava, os olhos fixos no piano. Ele saía para passeios, para estudar à noite. Virava noites de sexta-feira estudando com colegas ou ia estudar na casa de colegas de uma noite para outra. Depois, ia para a aula. Ele dava de ombros, explicava a Clarissa: véspera de provas, sabe como é. Quando Arthur estava prestes a partir — embaixo do portal, mochila nas costas —, Clarissa lançava olhares de professora. Só então ouvia o motivo da saída. Augusto e Lorena viam Arthur muito pouco e, de qualquer forma, não eram os pais dele. Não eram os responsáveis pelo comportamento ou pela educação dele.

Os barulhos de Arthur acordado começaram a invadir o quarto de Clarissa todas as noites. Ele ouvia música — Clarissa aprenderia que era uma banda chamada Light Green, rock progressivo — até adormecer, e a maioria das pessoas não desliga o rádio durante o sono. Clarissa não se importava a princípio, mas, quanto mais ele saía, quanto mais deixava a casa, mais alta ficava a música, mais tarde ele ia dormir. Clarissa tinha certeza.

Apesar dos elogios da professora de matemática, apesar da professora de espanhol encher seu caderno de carimbos, Clarissa se sentia má aluna porque dormia mal. Começou a receber ordens de acordar Arthur pela manhã, porque ele parara de acordar sozinho. Não era todo dia, mas acontecia duas ou três vezes por semana. Arthur saía da cama dez minutos antes de o carro partir e trocava de roupa. Não era todo dia, mas acontecia duas ou três vezes por semana, assim como as saídas com os amigos.

Cada vez mais assistiam aos programas de televisão (full HD, conexão à internet, 3D, cinquenta e duas polegadas) juntos e concordavam que pais eram uma merda, conversavam. Iam dormir depois das onze. Clarissa contava de Zazzles, brincava com o gato, estendia-o a Arthur, oferecia-o a Arthur, que se recusava a fazer mais do que passar a mão sobre o pelo peludo dele.

Ao ver Arthur e Clarissa acordados, Lorena perguntava dos progressos escolares, das provas, dos resultados. Quando a mãe começou as perguntas, dia após dia, Clarissa achou que era brincadeira. Respondia. Contudo, por mais que Clarissa dissertasse sobre seus testes, trabalhos, cartazes, provas, as respostas de Arthur eram sempre ahams, oks e depoises.

Numa dessas noites, Augusto perguntou, em particular, se Clarissa sabia das notas de Arthur. Se sabia de alguma substância. Não era por nada de mais, era só porque — sabe como é — o garoto morava embaixo do mesmo teto, esforçava-se tanto, estudava um bocado com os colegas. É bom ter um orgulho, não é? Disse que podiam ligar para a tia Cristina e contar das provas. Depois dos incidentes do hospital, do tratamento, das constantes recusas e rebeldias, Augusto sabia que qualquer notícia positiva animaria a mãe do garoto.

— Também porque — Augusto disse — sua mamãe tá bem louca atrás disso.

Não fez aquilo pela mãe, nem pelo pai, nem por se importar com tia Cristina. Começava a esfriar, o calor se dissolvia, mas ainda podiam deixar as janelas abertas, o horário de verão ainda vigorava.

Naquela tarde, depois de Arthur sair, Clarissa entrou no quarto dele, abriu a mochila escolar, que cheirava a cigarro, em busca de cadernos, em busca de livros, em busca de provas. Clarissa fez aquilo pela curiosidade que galopava dentro dela: quão melhor aluno era Arthur? Se Lorena se interessava tanto pelas notas dele, por que ignorara as notas de Clarissa durante todo esse tempo?

Seis e oito em relatórios, trabalhos, exercícios para entregar, um cartaz amassado no fundo da mochila, um nove e meio num trabalho de história, um dez com um "*Great!*" num teste de inglês. O teste de inglês era o único teste na mochila. Só. Clarissa folheou os cadernos, os livros, desenhos, sublinhados, parágrafos rabiscados, desenhos, não achou uma prova sequer. Um pacotinho plástico com algo verde escuro, que ela enfiou de volta.

A ausência de provas, as notas que não a impressionavam, as saídas para o suposto estudo, os acordares tardes, o pacotinho plástico, nada daquilo traía Clarissa. Não a incomodava. Já sabia, claro que sabia. Resultados só atrapalhariam a crescente amizade. Ficava feliz de estar certa, mas por que Arthur não contara? Como ela não adivinhou?

Não falou para os pais, não falou para Arthur. Continuaram assistindo à televisão (full HD, conexão à internet, 3D, cinquenta e duas polegadas) juntos, brincaram com o gato, riram, ele a convidou para algumas tardes na casa de amigos, não, ela não queria ir com ele, obrigada. Arthur deixava dias passarem antes de insistir.

Clarissa voltava da escola de perua, e Arthur, de ônibus: iam juntos à aula de carona com a mãe, mas ele voltava sozinho. Por isso, costumava chegar quinze minutos depois dela, quando chegava.

Fechando a porta do apartamento, Clarissa notou que Arthur estava em casa. Mas não apenas ele. Também Lorena estava ali, os dois sentados à mesa da cozinha, e Lorena chamava a filha para a cozinha também. A cozinheira deixara pasta putanesca para o almoço, um favorito.

Dava para nadar dentro do silêncio no qual comeram. Clarissa perguntou por que a mãe viera almoçar em casa, Lorena apenas disse:
— Ah, Nenê, questões, questões...
E Arthur respondia olhando para o prato.
Clarissa estranhou, mas não sabia como abordar. Clarissa era, afinal, estranha ao primo. Decidiu abordar pedindo carona para as aulas de piano, em vez de ir de táxi, como de costume. A mãe concordou, poderia levar quando voltasse para a agência. Clarissa escovou os dentes, separou o material, revisou seus exercícios escritos como dever de casa, cogitou trocar de roupa, mas manteve o uniforme escolar.
Mas antes disso, antes de Clarissa se decidir pelo uniforme escolar, antes de Clarissa cogitar trocar de roupa, antes de Clarissa duvidar de cada uma de suas respostas, antes de a menina de onze anos de idade se chamar de burra e insegura, mas continuar revisando, antes de ela começar a revisar seus exercícios escritos, antes de Clarissa separar o material, antes de escovar os dentes, antes de passar a pasta na escova, antes disso.
Para.
Logo depois de Clarissa sair da cozinha. Clarissa escovou os dentes...
Lorena começou a lavar a louça.
— Me diz, e, se eu não tivesse te visto, o que teria acontecido?
Arthur parava de comer.
— Da minha vida cuido eu, Lorena.
— Mas eu quero entender você — Lorena enxaguava os copos. — Arthur, eu quero te ajudar.
— Eu não tava fazendo nada de errado, tá bem? — Arthur coçou uma barbinha nascente no rosto.
— Você não tava na escola...

— Não tinha nada de importante, Lorena.

— Você anda diferente, querido...

— Lorena, vocês não podem achar que me conhecem aqui. Esse aqui sou eu.

— A Clarissa gosta de você, sabe, você é um exemplo pra ela — Lorena pousou os copos limpos ao lado da pia. Os azulejos da cozinha conservavam o frio e a umidade.

— Não significa que ela seja um exemplo pra mim — Arthur mexia, com os talheres, nos restos de comida no prato. Zazzles entrou na cozinha, miando. Lorena secou as mãos com um pano de prato.

— Então eu vou dizer isso pra você de uma maneira diferente — ela estendeu o braço e tomou o prato e os talheres de Arthur. — Me incomodou.

Zazzles se sentou ao lado de Lorena e cutucou uma lajota no chão ao lado dela. Zazzles girava em torno de si próprio, mexia o rabo, atacava a lajota. Lorena largou o prato sobre a pia, formou uma pilha com o prato dela e o de Clarissa. Suspirou.

— Eu vejo potencial em você. Não desperdiça o que você tem com essa gente, se atrasando, matando aula... Você não tem prova não?

— Mais pro fim do mês.

Lorena soltou um muxoxo.

— Não desperdiça com festa... — Lorena se sentou de novo na frente de Arthur. Ela sorria. — Você sempre poderia arrumar um emprego, se quisesse. Na própria agência, mesmo.

— Aí sim eu ia querer me matar de novo.

Enquanto Arthur se recostava na cadeira e cruzava os braços, Lorena continuava:

— Você tá com dezoito agora, né? — Arthur concordou. Lorena sorriu mais. — Vamos fazer assim: se você passar neste semestre com médias superiores a sete, eu te pago a coisa toda pra fazer a carteira de motorista.

Arthur descruzou os braços. Zazzles ficou parado. Arthur ergueu o queixo com barba por fazer.

— E isso é uma promessa?

— Te digo que é uma promessa — Lorena olhava para Arthur.

Ele se levantou e saía da cozinha quando ela falou:

— E isso é uma promessa?

Arthur assentiu com a cabeça.

— Pode crer.

Lorena tinha de chamar Clarissa. Se a menina demorasse mais, poderiam se atrasar.

Quando Augusto ouviu sobre Lorena ver Arthur e mais um bando de garotos numa praça conversando e matando aula e fumando uns negócios de cheiro estranho, ele apenas balançou a cabeça dizendo que era coisa da idade. Lorena devia se preocupar menos com o garoto.

— Mas me diz se você não fica chocado? — Lorena disse.

Claro que ficava, mas era assim mesmo, Lorena devia deixar o garoto estar... Augusto tinha voz sonolenta. Se Lorena queria falar de algo, podiam falar dos possíveis contatos do dia seguinte. Os publicitários de Newe Galenthe confirmaram se viriam? Por que Lorena se preocupava tanto com o garoto que não tinham obrigação de criar? Era a vida dele. Ele que tomasse as decisões.

Clarissa se preparava para dormir. Por que a mãe estivera em casa naquela tarde? O que teria acontecido com Arthur? Após afofar os travesseiros macios, deitou-se, rolou sobre a cama, puxou um lençol e um cobertor sobre si e decidiu que o dia fora longo. O dia fora longo e era hora de esquecer. Zazzles pulou sobre ela e a empurrou para o lado, juntou-se à barriga dela. Quente. Miando, Zazzles se apertava ao lado do corpo de Clarissa.

Chamando-os de "meu velho", Augusto se senta com os tios na casa dos avós e se junta à conversa. Clarissa termina de arrumar um prato ou outro na mesa de jantar dos avós.

Eu lembro que na primeira vez ele saiu avisando: "Gui, já me disseram que eu falo enquanto durmo, que eu ronco, que eu não ronco, que eu chuto, que eu me encolho, que eu abraço, que eu empurro, que eu fico parado e não faço nada...". Ele se apressou em avisar que haviam sido vezes que tinha dormido na casa de amigas. Ignorou o meu medo de tudo isso que ele *talvez fizesse*. Eu ri. Eu só ficava curioso de quando ele pegava no sono. Gostava de ficar junto dele enquanto ele pegava no sono. Ele achava que ia ter um ataque epilético durante o sono, achava que ia confessar algum trauma durante o sono, então não dormíamos muito próximos.

Mesmo assim, eu esperava ele adormecer e grudava nele até pegar no sono. Não fazia isso pelo romantismo do calor dele ou do cheiro de banho recém-tomado, mas por birra. Sempre fui meio birrento assim. Eu queria estar ali pro ataque epilético e pro trauma, pô. Queria ouvir. Queria que ele confiasse. O que tinha de tão terrível? Ia confessar o quê? Uma tentativa de suicídio falhada? Ele vinha com inconsciente, ego, Freud, sonho. Eu queria o inconsciente dele também. E ele só abraçava o travesseiro, entortava o corpo, tossia, uns chutes, puxadas de cobertor. Volta e meia, babava. Eu queria mais.

Até a vez que ele riu dormindo. Eu tinha acordado, ido ao banheiro, voltei e ouvi ele na cama, rindo, rindo. Ouvi algo. Quando me deitei do lado, senti o calor parado, o corpo torto, mas imóvel, o barulho do riso, o cheiro de desodorante.

Perguntei de manhã se alguém tinha dito que ele ria dormindo. Não. Desde então, fico bem perto e ouço. Eu. Atento. Às vezes, acho que nunca mais dormi um sono profundo.

Ele demora pra acordar. E sempre acorda meio se envergonhando, se escondendo nos lençóis, no silêncio, as costas nuas, em um sorriso de quem ri enquanto dorme. Sempre que dá, eu gosto de esperar ele acordar sozinho. Fico na poltrona do quarto, um abajur ligado. Sei lá, sempre tem um e-mail de domingo de manhã pra responder. Quando ouço algo, me viro pra vê-lo percebendo que existe. Ver se ele confere se babou, perguntar se disse algo durante a noite, levantar e me beijar com cheiro de sono.

Hoje ele acorda, mas acorda sabendo quem é. De samba-canção, anda até a poltrona e me abraça, em pé. Fica me abraçando, quieto, som de respiração, ar morno, pulmão cheio, pulmão vazio. O laptop pesando no colo e ele me apertando. Tento virar a cabeça.

— Tá tudo bem? — pergunto.
— Que bom que tu continua vivo.

As tias correm de um lado para outro, enchem a mesa com baguetes e patê caseiro de alho. Avisam Clarissa para que se sente.

Lorena avisara Arthur que ele estaria fora em agosto. Clarissa, porém, ainda o via ali. Ele tinha razão. Zazzles não precisava mais ir ao veterinário, embora Clarissa pegasse Arthur lançando olhares para o gato, como se perguntando se ele melhorara por completo depois da pneumonia causada pela chuva. A professora já marcava provas, as férias tinham de acabar, crianças. Era hora de voltar, crianças. Então Clarissa saía menos. Não que a escola fosse um grande desafio, mas os carimbos de coração, as professoras dizendo que ela era "um prazer de ter na aula", o fato de que alguém notava que ela ia além do mediano. O professor de piano insistia em algumas apresentações e, com Arthur no volante, Clarissa não precisou escolher entre uma e outra, sem pensar nos pais ou em coisa alguma fora seus próprios interesses. Era uma novidade, essa coisa de seus próprios interesses.

Por causa dos estudos, Clarissa saía menos. Queria se dedicar mais ao piano, queria pensar no gato. Tamanha era a festa que Zazzles fazia quando Clarissa chegava, ela temia que ele se deprimisse de solidão.

Clarissa se perguntava por que Arthur se dava ao trabalho de ir à aula. O número de faltas dele superava cada vez mais o de presenças. Surgiu com roupas de desconhecidos. Saía cada vez mais, da escola, do apartamento, três, cinco vezes por semana. Dormia em outros lares. Arthur levava Clarissa de carro para a aula uma ou duas vezes na semana.

Era como se Lorena e Augusto mal o vissem. Não, não iria à aula naquele dia e ficaria tudo bem. Clarissa não sabia qual era o acordo, qual era a proposta entre os pais para que Arthur ficasse, se é que existia.

Depois da discussão sobre matar a natação, Clarissa via Lorena exausta.

— Me diz: o Arthur não vai à aula hoje? — Lorena mexeu numa pasta de trabalho. — Diz que bom pra ele.

— Me diz: ele vai? — Lorena desligava o telefone. — Diz que parabéns.

Arthur não iria à aula naquele dia? Bom para ele. Ele iria? Parabéns. Daria carona para Clarissa? Excelente.

Havia semanas em que Arthur dormia de quinta a terça-feira fora de casa. Aparecia para buscar Clarissa na escola. Além do cheiro de cigarro, o cheiro de suor e bebida crescia em torno dele, sem falar nas olheiras. Clarissa percebia que Arthur se sentia confortável o suficiente para fumar dentro do quarto, não escondia os maços, não apagava cigarros nem escancarava as janelas quando entravam. Ligações começaram a soar no meio da tarde, em algumas noites, procurando por ele. Vozes femininas. O porteiro os chamava para avisar que garotas de tal e tal descrição e tal e tal nome estavam na portaria querendo falar com Arthur. Concentrava-se em estudar enquanto ouvia.

— Ah, sei quem é — Arthur respondia. — Deixa subir, deixa subir.

Clarissa se concentrava em tocar piano enquanto ouvia Arthur dizer que os rapazes e/ou as garotas podiam subir, levava-os ao quarto e lá, fechados, passavam a tarde.

Talvez Clarissa nunca visse Ingrid de novo. Sorria muito, os dentes amarelos clareavam em contraste com a pele negra. Talvez Clarissa tivesse gostado de Ingrid por causa dos óculos. Talvez fosse a identificação que todo atleta sente ao encontrar outro apaixonado por algum esporte.

— Faço handebol três vezes por semana — ela contou para Clarissa enquanto os três assistiam a um filme. — Adoro — Ingrid ria. Arthur e Ingrid se abraçaram debaixo do cobertor.

Ingrid se interessou pelo que Clarissa dizia, comentaram do filme, riram dos personagens.

— olha a falta de realismo
— por que ela não foge do vilão?
— e naquela cena em que ela ouve um negócio e vai atrás do assassino?
— burra
— daí, ela começa a gritar
— a atriz parece de um filme pornô
— caralho, a mina quer morrer
— ela não tem medo, cara
— que merda
— e
— eu nunca morreria num filme de terror
— deixou a mina
— olha ali a machadinha
— quê
— é, pois é, às vezes eu penso em fazer educação física na facul
— mas e se
— legal
— até o assassino é burro
— é
— fugir

— olha isso

— odeio meus professores de educação física

— quê

— pô, ele tá vindo

— e ela vai *atrás da amiga...*

— um mais tarado que o outro

— eu ia ficar bem quietinho na porra do meu canto

— sinto informar, mas eu não ia atrás de amiga nenhuma

— Meio perigoso — Clarissa disse — esse negócio de ter amigos.

Riram.

Riram.

Clarissa adormeceu durante o filme e despertou nos créditos. O cobertor estava no quarto, assim como Arthur e Ingrid.

Nem todos os visitantes eram como Ingrid. Alguns cochichavam com Arthur, ignoravam Clarissa desde que chegavam, alguns desviavam o rosto, alguns iam direto para o quarto, alguns de fato assistiam aos filmes, outros eram conhecidos. Os que não eram se tornavam. Alguns eram como Ingrid e não voltavam. Volta e meia, Clarissa conferia os objetos de valor depois das visitas, os vasos caros, as estatuetas decorativas, os DVDs de colecionador.

O silêncio de Clarissa se manteve porque Arthur ainda se importava com ela. Arthur ainda convidava para irem à rua, ainda incentivava que largasse as responsabilidades. Todas elas. Clarissa via os amigos de Arthur ainda, riam, jogavam videogame, bebiam, ela observava, tão curiosos, relaxados, com tranquilidade, fazendo merda, ignorando, beijando-se e se despindo num canto, a mente se concentrava em hoje de tarde. As pessoas da tribo Y.

O mundo é hoje de tarde.

A rua continuou a rua por causa de Arthur. Sentavam-se no parque e ele acendia um cigarro, quiçá de maconha, oferecia, perguntava da vida, da escola. Mal Clarissa contava das provas e do gato, de como as pessoas agiam, acontecimentos diários e fatos, Arthur a interrompia. Queria saber do que Clarissa andou gostando ou detestando, se as aulas tal e tal ou as pessoas tal e tal, mas e se? Ela se incomodava com a exclusão? Precisava ser igual aos outros? Insistiu nas perguntas. A prima respondia, o primo perguntava de volta e de volta, respondia com frases que ela usara.

— Caralho, você mesma disse que se sente sozinha. Mas, porra, a gente passa um monte de tempo junto...

— É que isso não é uma contradição.

— Como você tem certeza?

Ela demorava a responder. Ria.

Arthur deu um tapa no ar, mandou-a relaxar. Depois que Clarissa ria de novo, Arthur afastou uma mecha de cabelo de seu rosto:

— Agora não ri de nervoso.

Clarissa não sabia dosar, assim como Arthur. Mas ela jamais conseguiria se impor a ele. Aproveitava o que podia. Se contasse tudo o que sabia, fortaleceria Lorena. No fundo, por mais que não gostasse do interfone que tocava, das ligações dos desconhecidos-ladrões, gostava dos acontecimentos como aconteciam.

Não gostava, mas sempre gostava.

Embora nem sempre levasse Clarissa à escola, Arthur sempre a buscava. Desde que Arthur tirara a carteira, Lorena e Augusto puderam dispensar as idas de perua. Nem que Arthur largasse Clarissa em casa, largasse o carro na agência e saísse de novo, Clarissa sabia que ele estaria em frente da escola Sagrado Coração de São Patrício. Nem que Arthur viesse com cheiro de festa, cigarro, cerveja, suor, vômito, lavanda?, perfume caro, desodorante. Nem que Arthur viesse bebendo energético, ele vinha. Não pedia o carro emprestado, exceto para buscar e levar Clarissa às aulas de natação e piano.

Quando Arthur fez a nova tatuagem, Clarissa pôde ajudar a escolher a figura. Ele escolheu um dragão nas costas, haviam procurado juntos na internet o desenho perfeito.

Um dragão e um peixe se fundiam para, no centro, formar o símbolo do yin-yang. Chamas escarlate e laranja contornavam o dragão verde cuja metade se juntava à cauda de uma carpa chinesa branca que respingava água.

Arthur economizara desde o começo do ano. Sua mãe mandava dinheiro para, nas palavras dela, bobagens, roupas e saídas. Clarissa também suspeitava dos pacotinhos da mochila. Sem remetente preciso, Arthur tinha seu dinheiro. Demorou mais de seis sessões para terminar o desenho, a coloração e os retoques nas costas, abaixo dos ombros.

— A vantagem é que eu não pago aluguel nem comida, nem escola — ele piscou para Clarissa.

Arthur era só um cara que fazia tatuagem, o pai. Clarissa e a atendente do estúdio se trocaram apelidos e piadinhas internas, assim como a menina e o tatuador. O tatuador sempre insistia para que Clarissa fizesse uma pequenininha, por conta da casa. Ela veria que viciava. O pai deixava, não deixava? Arthur assentiu com a cabeça, rindo.

Embora precisasse falar em voz alta, ela negou. Precisou dizer a si mesma também: não, não queria uma tatuagem, nem de graça. Citou para si mesma os motivos: a idade inadequada, a ilegalidade, a falta da figura ideal, o potencial arrependimento em trinta anos, os pais surtariam mais do que quando viram o alargador.

Dessa vez, Clarissa viu sangue. Não perguntou da dor, Arthur não respondeu. O consultório do tatuador ainda era de dentista, mas Arthur arrancava um dente sem anestesia. Uma maquininha zumbiu. Ao longo das semanas, Clarissa ajudou com a pomada cicatrizante e com a limpeza. Zazzles ronronava ao lado, batia em Clarissa com a cauda conforme sua vontade.

Dessa vez, Lorena e Augusto não souberam, não precisaram saber. Arthur e Clarissa não estavam fazendo nada de errado. A tatuagem foi, com os dias, com o tempo, pouco a pouco, cor após cor, ferida entre ferida, yin e yang, nesse ínterim, cicatrizando.

Uma tempestade. Clarissa temia que as janelas fossem quebrar e estava sozinha em casa. Barulho de chuva, fedor de chuva. Eram mais de onze horas e Arthur saíra com uma das meninas-tocadoras-de-interfone. Clarissa assistia à televisão (full HD, conexão à internet, 3D, cinquenta e duas polegadas) com Zazzles no colo, apertava o gato macio, pressionava-o contra o peito a cada estrondo, raio, suspeita, quando os pais chegaram e trovão.

Zazzles, porta afora. Lorena mal se virara e o gato voou. Augusto desceu as escadas enquanto Lorena olhava o corredor, o jato de frio entrando pela porta. Soltou um resmungo, dizendo que deixar a porta aberta não faria o gato voltar mais rápido. Comentou, como sempre, que Clarissa não devia estar acordada tão tarde. Clarissa suspirou, fedor de chuva, frio.

O sobretudo de Augusto não bastou. Seus passos na sala deixaram poças de água. No quarto, separando o pijama e as cuecas secas, informou a Clarissa que teve tempo de ver o gato atravessar a rua, seguiu-o até o outro lado e o perdeu de vista...

— ... acho que ele entrou num jardim por aqui — o pai gritava. — Gato maluco. — E entrou no banheiro.

De Lorena até Clarissa, o olhar de impuro consolo, impura compreensão, puras olheiras e impura ansiedade cruzou a sala. Lorena afastou o cabelo do rosto.

— ... amanhã vai ter luz, o dia melhora, então procuraremos melhor, Nenê.

Enquanto Lorena e Augusto iam dormir, Clarissa disse que queria lanchar antes de deitar. O cansaço saturava seus olhos, mas nenhum sono. Suas colegas de escola, as maduras menstruadas com namorados, sentiam sono? Claro que sentiam. Algumas tinham até princípio de peitos, deviam ter sono também.

Clarissa tomou um copo de leite, virou um gole como via o grosseiro Arthur fazer com vodca barata. Um shot de leite. Pensou no gato, no leite, nos pais, no gato, se tomar mais leite ou quem sabe chá, nos perigos que um gato doméstico enfrenta, imaginou se alguém o roubaria, o sabor quente do leite, se o gato pegaria uma pneumonia, se um raio o atingisse, pensou, pensou e decidiu aquecer mais leite.

Ruído de porta fechando. Ao voltar à porta — agora com a mochila da escola nas costas —, Arthur parou virado para Clarissa.

— Cara — ele disse —, é uma da manhã.

Clarissa, que observara a chegada e partida do garoto, agora observava o leite. Desnatado, UHT, dose extra de vitaminas, semitransparente.

— O Zazzy sumiu — ela o ignorou, apenas ouviu.

— Porra! Que merda.

— Eu sei.

Ela tomou um gole de leite olhando o relógio da cozinha. Uma e dezoito. Ouviu mais uma trovoada.

— Num dia que nem esse ainda — ele disse.

— Eu sei. A gente vai procurar o Zazzy quando tiver sol.

— Bom — ele disse, ela ignorava olhá-lo. — Vou lá, então. Até depois.

— Tá tudo bem com a sua tatuagem? — Clarissa perguntou, mas Arthur já estava no corredor.

A poltrona favorita de Zazzles decorava a sala de jantar, num canto próximo à mesa de canto da sala, a mesa de café, também minimalista em cristal, bordas e pernas com detalhes diferentes, junto de outras três poltronas, tudo pensado pelo designer, tudo sob medida. Era tão favorita que, se alguém se sentasse ali, seria obrigado a dar colo ao gato quente e gordo. Clarissa se sentou na poltrona, cada vez mais trovões, cada vez mais chuvas. Teve certeza de que ouviu Zazzles circular pela sala, miar, como fazia quando era pequeno, quando o haviam achado na rua. Zazzles destruía os sofás da mãe e Lorena apenas dizia que o móvel estava velho mesmo. Tantas vezes Clarissa contou de seus dias a Zazzles que ele tentou pular sobre a televisão (full HD, conexão à internet, 3D, cinquenta e duas polegadas), entre os braços do sofá, como se drogado. Clarissa queria enfiar todas aquelas memórias dentro de uma almofada e apertar como apertava Zazzles antes de ele correr pela porta.

Odiou Arthur por ter saído de tarde, por sua calma, por sair à noite, por morar naquele apartamento, por não ter ligado para o gato, por um dia ter se importado, por forçar que ela fizesse amigos, por feder, por feder tanto, odiou Arthur porque sempre o odiara. Tudo dava certo com Arthur, ao menos na opinião dele. Odiou Arthur porque ele não ligou para a prova em que ela tirou 5,8 por culpa dele. A raiva que aquecia as costas, o calor no rosto. Tudo na vida de Clarissa era culpa de Arthur. Clarissa tomou três copos de leite até as quatro horas da manhã. Pensou em Arthur, no gato. E se alguém o roubasse? E se ele fosse para alguma parte perigosa da cidade? E se ele fosse para algum lugar longe? Torceu para que Arthur se machucasse. Zazzles era um gato gordo, lindo, doméstico, não sabia se virar! Clarissa torceu para que Arthur fosse assaltado. E se um cachorro pegasse Zazzles? E se ele estivesse tentando voltar mas não achasse o caminho? Clarissa odiou Arthur, odiou Zazzles, odiou Clarissa.

Adormeceu por doze minutos.

Cheiro de cachorro molhado, uma mão tocou o seu ombro, gotas de água escorreram pela espalda, pelo seu braço, ela abriu os olhos. Arthur tremia, fungava, água caía de seus cabelos e de seu casaco. Clarissa acordava enquanto Arthur andava até a pia, fedia a cachorro molhado, cigarro molhado, cerveja encharcada, a calça jeans atrapalhava seus movimentos. Na pia, Arthur largou um serzinho felino assustado, branco-cinzento, uma mancha laranja nas costas, a coleira vermelha, molhado, a cabeça imensa, tremia junto de Arthur, tentou sair da pia, miou, os pelos espetados. Clarissa correu e abraçou Arthur, que, após uma pausa, a abraçou de volta. Água, umidade e frio e calor cobriram os braços, o pescoço e o tórax de Clarissa. Arthur e Clarissa ficaram parados ao lado da pia, ao lado da sinfonia da chuva, ao lado das trovoadas e dos miados de Zazzles.

As tias ficam paradas ao lado da mesa enquanto chamam os primos para o almoço. Avisam que tem pão e pastinha na mesa, podem beliscar. Tem lugar aí desse lado? Com gestos convidativos e não menos agressivos, gritam para dentro da casa, chamam tia Cristina. Poxa, servirão o almoço já, já!

*Que tudo é igual porque tudo terá um único fim,
esse em que uma parte de ti sempre terá de pensar
e que é a marca escura da tua irremediável humanidade.*

José Saramago, *As intermitências da morte*

Arthur senta junto de cinco primos e pega um pedaço de pão. Fazendo uma piada de duplo (triplo, quádruplo) sentido, dois primos oferecem a Arthur pastinha de alho. Clarissa procura seu lugar enquanto ouve os três rirem.

Os três — Augusto, Arthur e Clarissa — riram quando Lorena disse que voltaria a tempo do almoço. Por mais que fosse um domingo ensolarado, as flores desabrochando, os passarinhos irritando com seus pios, Lorena queria se trancar no business conference hall #2 e aprontar para segunda-feira. Uma revisão no trabalho da faxineira, um aromatizador de ambiente, ajeitar as cadeiras, rever os slides, não podiam deixar a Cancro Ltda. em desconforto. Questão de poucas horas, Augusto havia visto. Augusto sabia, não era?

Tanto que Lorena iria sozinha.

Clarissa e o seu trabalho de ciências, o corpo humano, a professora dera a responsabilidade sobre o cartaz da comunicação humana, movimentos humanos e comportamento humano. Grandes desenhos preenchiam o cartaz, com setas, balões informativos, "Você sabia que...", "Curiosidade!", recortes de jornais e cores.

Usou giz de cera, lápis de cor e canetinha hidrocor. Enquanto escrevia seu nome — e apenas o seu nome —, turma e data, Clarissa se perguntou se deveria colocar glitter. Glitter seria demais? Um pouco *menina* demais? Só ao longo das margens? Garantiria que o cartaz fosse o mais visto, o mais bonito. Garantiria o comentário como da outra vez: "São trabalhos como este que fazem a gente se orgulhar de ser professor, Clarissa…".

Arthur se tornara um entendido em combinação de cores e em limpar imagens poluídas depois da tatuagem do dragão yin-yang.

Chamas escarlate e laranja e magenta contornavam o dragão verde cuja metade se juntava à cauda de uma carpa chinesa branca que respingava água.

Perguntaria a Arthur ou aproveitaria a presença do pai em casa. Apenas os dois em casa, além dela. Ouviria elogios deles também, sim, boa ideia. Enquanto atravessava o corredor, ouviu barulhos saírem de dentro do quarto de Arthur. A porta estava fechada.

Clarissa segurava o cartaz com força, foi abrindo a porta devagar, só o suficiente, barulho, ué, o Arthur podia estar ouvindo música, mas o que estava acontecendo? Abre logo a porta, bem pouquinhozinho, mas o Arthur pode ficar puto, palavrão, hihihi.

Apenas os dois em casa, além dela.

O cartaz escorregou da mão de Clarissa. Deslizou pelo chão num shush, caiu aberto, os grandes desenhos e as figuras recém-colados preenchiam a cartolina, com setas, balões informativos, "Você sabia que…", "Curiosidade!", a comunicação humana, os movimentos humanos, o comportamento humano, os movimentos humanos. A porta se fechou tão silenciosa quanto se abrira. Os barulhos dentro do quarto prosseguiram.

Apenas os dois em casa, além dela.

Clarissa quis um banho. Não chorou sob a água do chuveiro, mas permaneceu séria enquanto a água escorria pelo seu cabelo, viu-a escorrer pelos antebraços, escorrer pela cintura, gotas nas pernas, até o chão, até o ralo.

Não sabia se era uma rotina, não sabia se havia entendido. Só sabia que não queria mais saber. Tomou banho.

Durante o almoço, Augusto e Arthur fizeram uma brincadeira sobre como Lorena não voltara, mesmo tendo dito que voltaria. Riram, Clarissa não. Quando Lorena chegou, Clarissa a abraçou. Abraçou-a. Apertou-a com toda a gratidão de ter nascido sua filha, com toda a gratidão de ser filha única, de ser a única filha de Lorena, tão linda, a mãe, tão linda.

Voltou a estudar. Não tanto quanto gostaria, mas depois do acidente com o 5,8, Clarissa quis se certificar. Arthur a convidava para ver o sol, tirar os casacos, chegar tarde, e Clarissa recusava. Não queria reprovar agora, no fim do ano, ou pegar recuperações, muito menos dependências.

Arthur trazia florzinhas da rua, dizendo:

— Olha o que você perde...

— Claro que não é nenhum jardim primaveril parisiense e o caralho, mas...

Insistia tanto quanto antes, chamava-a de sem-vida, antissocial, sem-amigos, lembrava que havia um mundo lá fora tão grande, tão extenso...

— ... você se lembra das pessoas?

Ela se lembrava dos amigos? Ela estava braba com eles? Ela estava braba com Arthur? Mas, por mais que insistisse, Arthur acreditava nela, acreditava no estudo. Clarissa sabia. Se pudesse, sairia. Mas Clarissa não podia conviver com Arthur, não naquele instante, não com tamanha frequência. Ainda assistiam à televisão (full HD, conexão à internet, 3D, cinquenta e duas polegadas) juntos. Ainda brincavam com o, agora saudável, Zazzles. Ele melhorara da pneumonia do temporal.

A professora precisou atravessar a sala arrancando as provas dos alunos como estavam, a maior parte da turma não conseguira terminar até meio-dia. Era a prova trimestral de matemática. $(a+b)^2$ ou $(a-b)^2$ ou $(a+b)\cdot(a-b)$ para quem nunca vira cálculos de letras... Fatore os polinômios...

— Vocês sabiam que tinham prova hoje — ela recolhia a prova de um aluno. — Não estudaram porque não quiseram...

Clarissa terminou logo antes de a professora tomar sua prova. Na saída da escola, todas as séries do ensino fundamental e médio se amontoavam para sair ou esperar os pais. Clarissa conversou com o porteiro enquanto esperava por Arthur. Os e as colegas passavam por Clarissa sem a olhar, corriam até seus carros, até a parada de ônibus, despediam-se de amigos no caminho. Clarissa ouvia conversas, sentia os esbarrões, esperava por Arthur, colegas mais velhos, ouvia piadinhas e risos que só podiam se direcionar a ela, os olhares dos alunos do ensino médio, esbarrões, comentários, professores que só podiam querer que ela fosse embora, quis ser cada vez menor, Arthur nunca tinha demorado tanto.

A maioria dos alunos partiu, todos os alunos partiram. Ficaram os mais velhos, que tinham aulas à tarde. O porteiro saiu para seu horário de almoço, mandou que Clarissa esperasse na área interna. Era mais seguro.

O banco no hall de entrada machucava as costas. Clarissa, com fome, folheou algumas páginas do material, tentou se lembrar das perguntas da prova para conferi-las no caderno.

Os alunos do turno da tarde começaram a chegar, mais comentários, risos, olhares, com certeza a menina perdida sentada no nada devia ser repetente, estar numa turma infantil, as professoras olhavam feio. Começaram a entrar nas salas de aula, começaram a chamar seus alunos, as aulas começaram a começar. Os atrasados chegaram. Clarissa, com fome e com as costas doendo, calculara sua nota da prova.

Arthur sempre a buscava.

Clarissa já havia aceitado a ideia de que ficaria até as onze da noite, quando seus pais viriam buscá-la porque Arthur morreu num acidente de helicóptero que ele próprio pilotava a caminho de um show exclusivo do Light Green. Quando Clarissa ouviu os passos do coturno e viu o rapaz tatuado com alargador na orelha atravessar o hall, travou. Não soube se caminhava, se ficava, se fingia alegria ou irritação ou se chorava.

Enquanto não sabia como reagir, andou ao lado dele. Arthur — o cheiro usual de festa, suor, cigarro, álcool, a aura de cansaço — ligou o carro. Clarissa o observou engatar as marchas, tentou decidir se sentia preocupação, medo, alívio, raiva, entusiasmo ou só cansaço. Arthur se ofereceu para pagar um lanche no Big Daddy's, a maior rede de fast-food do planeta, cuja maior verdade universal é: não importa onde você estiver, haverá um Big Daddy's. Ofereceu para passarem num drive-thru, podiam comer em casa, podiam comer no restaurante tudo o que quisessem comer, podiam ir ao shopping, qual dos dezenove shoppings da cidade ela preferia? Tinham a tarde livre, podiam ir ao shopping, ir ao cinema também, eles nunca iam ao cinema, quebrar a rotina, ir à locadora se ela estivesse sem vontade, ou, tudo bem, podiam ir para casa e dormir.

— Tirei o dia pra você — Arthur sorriu, as olheiras imensas contornando o rosto inteiro, os ossos cada vez mais saltados, como se em crescimento.

— Se tirou — Clarissa disse —, por que chegou só agora?

Arthur se desculpou, foi sem querer. Clarissa disse que achou que ele tinha se machucado. Podia explicar o motivo do atraso? Não houve nada e não ia se repetir. Clarissa via na rua, pelo vidro, os carros, os carroceiros, as crianças.

— Por que você não tá confiando em mim?

— Clarissa — Arthur parou num semáforo. — Não importa, tá? Não vai se repetir.

Ela suspirou. Ele perguntou do dia dela, ela respondeu em duas frases, ele perguntou onde ela queria almoçar. Ela queria o apartamento.

Clarissa largou a mochila na poltrona de panda, Arthur se sentou na cama dela, amassou a colcha com cheiro de amaciante.

— Agora você tá de mal comigo por causa dessa besteirinha?

Clarissa, ainda de pé, puxava as meias úmidas dos pés.

— Não é porque você se esqueceu de me buscar.

Arthur fechou o rosto, soltou partes de uma frase, mas Clarissa já cuidava de requentar o almoço.

O micro-ondas bipou 00:00. Assim que Clarissa pegou o prato, sentou-se à mesa da cozinha. Mal dera a primeira garfada, sentiu o cheiro de Arthur, seguido de sua imagem.

— Eu tive um problema — Arthur disse —, eu não tava em casa. Se eu ficar falando aqui, me explicando, vai parecer imbecil pra cacete.

Clarissa ficou, de cima a baixo, da calça jeans ao cabelo, do cabelo oleoso na raiz ao rasgo na barra do jeans, analisando-o:

— E? Não vai falar mais nada?

— Não, eu não tenho mais nada pra falar.

Ela pousou os talheres ao lado do prato.

— É engraçado como você quer conquistar meu perdão com bobagem. É quase um hábito seu.

— Clarissa. Se importasse eu diria, porra.

Ela riu.

— "Porra"... Sabe por que minha mãe não gosta de ti?

Claro que sabia.

— Não, não sabe de verdade. Minha mãe não gosta de você porque ela consegue ver ela mesma em você.

A boca e as sobrancelhas de Arthur convergiram no nariz, o qual Arthur coçou, dissolvendo tudo. Sorriu: era bom ver Cla brincalhona de novo.

— Não é brincadeira — ela disse. — Vocês dois acham que podem ficar ausentes das pessoas e voltar quando quiserem, que as pessoas não contam com vocês em tempo integral.

— De que porra você tá falando, Cla?

— Se você gosta de alguém, se você quer que alguém conte com você, você tem que ser de confiança mesmo quando essa pessoa não tá vendo.

Arthur parou, piscou, piscou. Coçou o nariz de novo, fungou, piscou.

— Cla, eu não tô entendendo…

— E daí, quando vocês voltam, acham que as pessoas vão amar vocês igual, vocês vão comprar com uma tarde as idiotices que fazem — Clarissa se levantou da mesa, pegou o prato. — Porque, pra vocês, só conta o que vocês fazem, nunca o que deixam de fazer.

Arthur sorriu.

— Eu me atrasei e você faz uma porra de uma citação. Caralho, hein?

— Eu não quero mais falar com você — Clarissa foi comer no quarto. Só falaria o essencial com Arthur a partir daquele dia.

Daquele momento do almoço em diante, os primos e Arthur começam uma série de trocadilhos e frases de duplo sentido que apenas terá fim quando todos pararem de comer. Riem.

Era aniversário do pai de um deles, os cinco amigos comem o bolo, aguardando para poderem voltar ao Playstation 3 e Rockband. Riam, riam, riam.

— Pagam sessenta mil num fígado novo, cara!

— Pra que o cara vai ser um homem de negócios, cheio da manha, se ganha sessenta mil pelo fígado? — Ele riu, ele riu, ele riu. — Aliás, pra mim, cara, pagando trinta e quatro já tá bom, considerando o estado que tá.

— Mas fígado não é aquele que regenera, hein?

— Imagina, o cara vive de sessenta mil todo o mês, vende um fígado, cresce outro, vira uma fábrica de fígado, cara!

— Eu penso nisso às vezes, meu.

— O Marcos tá com muito tempo livre, hein?

— E rim, não tem dois também?

— Imagina, vende um rim e ploc, na hora, um rim novo, cara!

— Já tem gente que vende cabelo, né?

— Mas, cara, me diz: pra que serve um pâncreas? Vende também!

— Aproveita e engana o cara, vende o apêndice...

— Diz que é um e vende o outro, hein?

— Nunca antes utilizado, aproveite a promoção: compre o apêndice e leve a amídala, cara!

— Um monte de coisa inútil, hein?

— Mas tem um monte de coisa inútil no mundo, tipo antena de girafa.

— Pra que serve a antena da girafa?

— Não sei, cara!

— Cara, eu tenho dois quilos de nariz, vendo um!

— O cara vira só a carcaça, um saco vazio.

— Tira uma tomografia, só um caninho entrando e outro saindo.

— Nem precisa de todos os dedos do pé também, cara.

— Precisa do dedão, hein, pra usar chinelo.

— Então fica com o primeiro e o último, fica um negócio coerente, né?

— E da mão pode vender também, hein?

— Só quer os três primeiros, né?

— Pra apostar no pôquer, hein?

— Não, não, cara, mas faz o símbolo do rock'n'roll como?

— Eu não fumo, vou vender meu pulmão também, por quê, né?

— Vai naquelas metalúrgicas, hein, vender os dedinhos da mão...

— Chega ali que nem vendedor da Avon, cara: "Tenho aqui um pacote de dedos especial". Mostra o catálogo, tá ali a foto do dono, tá ali a foto do Thomas.

— Tipo pacote de canetinha, plástico, se forem dez...

— E quem comprar um só é mais caro, vem num negócio de luxo, forrado de veludo, hein?

— Se é pra vender negócio inútil, vende as nádegas, nem precisa, usa umas almofadinhas no lugar!

— Deixa o pessoal fazer implante, por quê, né?

— Cara, se dá pra substituir por almofadinha, vende já o pé todo, troca por uma almofadinha os pés.

— Mas, meu, se é pra vender pé, já vende a canela! Faz que nem pirata.

— Os piratas conseguem, cara.

— Ok, ok, mas, cara, a grande dúvida é: mas por que é que o cara faz isso de vender órgãos, hein?

— Pra ter uma vida tranquila, hein?

— Não, cara.

— Pra sustentar a família?

— Claro que não, cara.

— Ele paga uma dívida de jogo e não morre?

— Eu nem ia me sentar nessa mesa contigo, de tanto nojo de ti, saber que tu vendeu tua orelha!

— Um cara que vendeu o fígado, que nojo, cara.

— Imagina, não vai comer ninguém mais com a cicatriz horrível.

— E aí vão perguntar: "Ah, por que você tem uma cicatriz?". E ele diz: "Ah, isso foi da vez que eu vendi meu rim pra pagar dívidas".

— Ou o cara com a mulher pelada, os olhinhos cheios de curiosidade, e responde: "Ah, isso foi da vez que eu fui assaltado, estuprado, me largaram numa banheira com gelo".

— É, é, já vende o pau pra fazer de prótese, né? Não vai ter uso.

— Já vende a vida então, né?

— Pra que viver, hein?

— E, meu, aqueles palestinos?

— Que que tem?

— Terrorista, meu, homem-bomba? Que vão ter setenta virgens no céu?

— Largam uma vida miserável na Terra, né, pra religião...

— Mas eles não ganham dinheiro pra pagar pela vida, pra família, meu?

— Sei lá se ganham.

— Imagina saber que teu pai se matou como homem-bomba...

— Só viver sem pai já é uma merda, cara.

— Bá, merda mesmo.

— Não, mas essa de vender o pau, cara...

— Eu não topava.

Ela se aproxima da mesa dos primos rindo quando ouve a voz de uma das tias:

— Clarissa!

— Clarissa! — Lorena gritou ao passar pela lata de lixo. — Arthur!

A postura cansada da mãe, a voz rouca, as malas caíam pela sala, Augusto entrava e saía do cômodo com as bagagens. Mesmo assim, Lorena persistia junto do sofá. Clarissa sabia o motivo do chamado da mãe. Lorena não se deu ao trabalho de elevar a voz ao perguntar o que era aquilo. Perguntou, a voz de bocejo, sobre as garrafas de Kozlov — a vodca saborizada —, os pacotes de salgadinhos, os pacotes de bolacha recheada, o cheiro de cigarro que agora impregnava a sala e os móveis e até o gato...

— Ah... — Lorena disse — e alguém me diz por que, quando eu perguntei pros vizinhos, eles disseram que ouviram música até tarde? Ouviram conversa, gritaria e risos a noite toda...

Os olhares de Clarissa e Arthur se cruzaram. Clarissa se sentia tão bem que beirava a vergonha. Abraçada a Zazzles, quis contar da festa. Começou com "Mãe...", mas:

— Quer saber? Não faz diferença. —Fez um aceno veloz, afastou uma mecha de cabelo do rosto. — O ano tá acabando, você nem pra escola vai mais.

Enquanto Arthur ria.

— Olha, Lorena, não é o que...

— Que se dane o que eu falo. Nem meu marido liga mais.

Na rua, um cachorro latia.

Assim que ficaram sozinhos, Arthur e Clarissa trocaram olhares e riram. Riram de pena, de tristeza, da festa, deles próprios, de voltarem a se falar, de saudades futuras.

Era verdade o que Lorena, presa a todo o seu cansaço, dissera. Seu cansaço talvez viesse de tanto esperar algo diferente, de lhe faltar a sabedoria de não esperar.

Talvez não.

Lorena, contudo, tinha razão sobre Arthur não ir mais à escola, oficialmente. A única escola na qual colocava os pés era a Sagrado Coração de São Patrício, para buscar Clarissa. Ele argumentava que não conseguia ouvir pessoas dizendo como devia ser, como fazer, quais regras seguir, como questionar, quando questionar, a técnica para incentivar a criatividade que agradava ao mercado de trabalho, como não ser, como organizar as coisas. Enchia-se de pessoas que se contradiziam dizendo o que era certo e errado. Ler era certo e bom, mas ninguém incentivava que se lesse *Mein Kampf*.

— As crianças que querem ler vão ler — Arthur dizia. — Não deviam obrigar elas a fazer isso. Tinham que obrigar as crianças a questionar as coisas.

Ele prometeu fazer um supletivo, ou voltar para a escola de novo, em Distante mesmo. Sim, dizia, bastara um ano na capital para melhorar os ânimos. Não estava mais triste, melhorara, com certeza...

— ... me ajudou muito — ele olhava para o chão. — Não é como se eu pensasse em suicídio nem nada — ria. Ria, e Clarissa tinha certeza de que era riso de nervoso.

Augusto e Lorena perguntaram, ela com voz cansada, o que a mãe de Arthur dissera. Lorena se certificava: Arthur não queria ligar para a mãe? Ela não ficaria brava? Ele negava: falava com ela o suficiente. Inclusive, foi Cristina quem sugeriu que ele recomeçasse limpo, considerando aquele ano como um tempo para que os acontecimentos passassem.

Por fim, Lorena aceitou o conselho de Augusto.

Deixou Arthur e suas decisões.

As ligações ainda soavam no meio da noite, o interfone também, ainda vinham os nomes de meninas, assim como seus pedidos para que Arthur viesse vê-las na portaria ou as deixasse subir. Arthur ainda recebia pessoas no quarto e, cada vez mais, saía do apartamento e só voltava dias depois. Nesses dias, era apenas visto por Clarissa ao buscá-la na escola ou levá-la ao piano ou à natação. Buscava e levava Clarissa, depois sumia. Se ele ficasse mais que uma tarde inteira no apartamento, ela começaria a estranhar. Ainda tinham, porém, tempo para a televisão (full HD, conexão à internet, 3D, cinquenta e duas polegadas), um episódio de seriado ou documentário, qualquer coisa científica absurda.

Além da festa, a menina não considerava que exagerava. Não ousava dormir na casa de desconhecidos, e o máximo que experimentou foi um cigarro. Acompanhava em seu próprio ritmo o ritmo arthuriano.

Talvez não tivesse entendido, afinal sentiu um gosto fortíssimo de tabaco. Tentou com mais alguns cigarros, Arthur a olhando em júbilo, mas não aconteceu nada. O que devia acontecer? O que devia sentir? Talvez fosse muito nova.

Além do cigarro, a média de notas de Clarissa desceu para nove e meio. A diferença de meio ponto chocaria Lorena se ela soubesse, e saberia se perguntasse, mas era Arthur que ia às reuniões de pais e mestres.

— A Clarissa — os professores diziam — tá com algum problema em casa...?

— Ela está, é até um pouco difícil de explicar, mas ela anda desatenta...

— Eu falo e ela rabisca no caderno, fica desenhando...

Arthur ouvia nas reuniões de pais e professores, sorria. Nas paredes, ilustrações de crianças, pôsteres infantis, os trabalhos de Clarissa tinham mais cor, mais glitter, menos membros de grupo.

— Esses tempos, peguei ela lendo durante a aula... — uma professora de ciências explicou por que a mandou para a secretaria. — Um livro de historinha! Acredita? Eu explicando sobre articulações e lesões nos ossos e músculos, e ela lendo...

Arthur sorria. Faltavam mais alguns professores para escutar.

— Talvez marcar uma reunião com a família, não é? Vocês três... Você é o quê? Irmão?

Arthur sorriu de novo: não, não. Era primo. Mas brincou que era um erro comum acharem que era irmão. A professora sorria de volta:

— Um erro comum não é mais um erro.

Ao fundo, uma multidão de pais conversava com uma multidão de professores, todos os filhos, todos falhos, ou eram ruins demais, ou estudavam demais e/ou não brincavam, ou se isolavam, ou bullying, pois é, marcar reunião com todos, ou dispersivos, ou não prestavam atenção, ou se atrasavam, ou demoravam demais na escola, ou sentiam sono demais ou não conheciam a infância direito.

— Nós tentamos ligar para os pais porque a diferença é notável, e não queremos que piore, mas não havia ninguém em casa — a orientadora pedagógica baixou os olhos, Arthur sorria, Clarissa observando a porta fechada. — Estavam ocupados no trabalho, deixaram um recado com a secretária da agência...

Clarissa não replicou que a secretária só passava recados importantes e urgentes, que sabia que reveria as articulações e lesões nos ossos e músculos ao longo do ensino médio, que no momento da leitura a professora dava um exemplo de sua vida pessoal que se conectava porcamente ao conteúdo. Não passaram pela cabeça os exemplos clássicos de perguntar o uso prático daquela matéria na vida real.

— Devia ter falado — Clarissa disse a Arthur mais tarde.
— Só pela cara dela.
— Relaxa, só ter lido no meio da aula já valeu a pena. Só pelo...

Só pelo tom de voz de tia Pilar, Clarissa para. Tia Pilar grita ao fundo:

— Clarissa, você não vai se sentar na mesa dos adultos, vai? Tem a mesa das crianças ali pra você, olha... — e tia Pilar aponta uma mesa redonda separada, onde alguns de seus priminhos bebês estão em suas cadeiras enquanto outros mais velhos disputam o arranjo de centro da mesa.

Com areia até os ombros, com os braços amarrados, Mahboubeh Mohammadi viu um homem atirar a primeira pedra na direção dela. Um tribunal de homens iranianos a condenou pelo crime de adultério ilegal. A evidência era o vídeo em que ela conversava com um homem na sala enquanto o marido estava em viagem. Evidência tão definitiva quanto aquela pedra se aproximando dela. Mahboubeh Mohammadi pensou nas próximas pedras que viriam, no homem da sala. Areia quente queimando a pele, apertando-a. Quanto tempo demoraria a acabar? Pensou na pedra voando, aproximando-se, em diamantes, em quantas pessoas gostam de usar diamantes, ela queria um vestido lindo, só um lugar lindo, sem vestido, deixa o vestido, nudez, não era a roupa, era o lugar, viagens para rios, mas rios gelados com terra, cheiro de lavanda e verde em volta, ela teria seu final feliz. Não viu as outras pedras se aproximarem, apenas aquela primeira, tão devagar. A morte, para ela, não era um dever, mas uma opção. Todos devem morrer, ela escolhia a vida daqueles últimos instantes. Um único poder para quem morreria enterrada pelos próprios sonhos.

Algumas tias recolhem os patês de alho. Enquanto tia Pilar sai da cozinha com a forma de lasanha de frango, as tias colocam travessas de salada e arroz na mesa. A lasanha fumega o cheiro de queijo e de frango que só as tias de Distante sabem fazer.

— Tem certeza de que não quer chamar uma tia pra ficar com eles? — Augusto disse, olhando para Lorena.

Em volta da mesa de jantar, terminavam de acertar os detalhes para o Congresso de Publicidade e Propaganda de Vila Rica. Haviam decidido que iriam, mas e as crianças? Clarissa, sentada no sofá — Zazzles se aninhava nela, morno —, fingia não escutar. A televisão (full HD, conexão à internet, 3D, cinquenta e duas polegadas) falava de probabilidades genéticas e dificuldades de previsões. As vozes prosseguiram falando como se Clarissa estivesse fora de casa.

— Mas ela se vira bem sozinha, e é só um fim de semana... — Lorena disse.

— A gente pode falar com o Arthur, ele fica em casa com ela — Augusto sugeriu.

— Não, não. Me diz se o Arthur faz algo que a gente pede. Prefiro não contar — Lorena deixou os ombros caírem mais sobre o resto do corpo.

Augusto suspirou.

— De qualquer forma, a Cla se vira bem.

Clarissa agradeceu mentalmente aos pais por não contarem

com Arthur. Não estava falando com ele. Já fazia quinze dias. Não seria forçada a falar com ele além do necessário.

Ao se despedirem com abraços, a mãe avisava: sem festas. Não queria festas, não queria bagunças, não queria estranhos dormindo na casa.

— Eu vou pedir pros vizinhos me dizerem — ela avisou. — Não quero barulheira. Vai ser como se a gente estivesse aqui. — Lorena pediu que Clarissa vigiasse Arthur.

A filha abraçou outra vez pai e mãe ao mesmo tempo. Disse que deviam aproveitar, ir à praia, pegar um bronzeado. Seria um fim de semana divertido. Lorena acenou no corredor, sorria como se tivesse medo de avião. Clarissa teria a casa inteira só para ela e Zazzles.

Ela estava quase dormindo durante os programas da madrugada quando Arthur chegou. Perguntou de Lorena e Augusto. Ela desligou a televisão (full HD, conexão à internet, 3D, cinquenta e duas polegadas) e disse, em duas frases, o que considerava necessário. O congresso, o fim de semana, mas proibiram festas, barulho e bebidas.

— ... vão conferir com os vizinhos depois — ela avaliou a expressão dele, que se desmanchava num sorriso.

— E você acreditou? — ele disse. Em resposta, Clarissa se levantou para dormir.

O susto ao vê-lo acordado antes dela foi tanto que Clarissa achou que fosse um ladrão. O trecho do ombro com a grande tatuagem de dragão vindo das costas, os braços carregavam sacolas de supermercado com salgadinhos, aperitivos, uma garrafa de vodca saborizada e, acima de tudo, Arthur trazia um sorriso no rosto. Clarissa o olhou, inspirou e expirou, o cheiro de cigarro e suor. Nada diria.

Enquanto almoçava, ouviu Arthur no telefone. Combinava horários com uma pessoa, voz manhosa, usava o vocativo "minha gata". Aham, exato, isso mesmo. Ah, onde? O apartamento...

— ... Timóteo Vargas, sabe qual é?

O banho a refrescou. O pijama era camiseta regata e shorts. O calor aumentava conforme o ano terminava. No quarto, removia a toalha do cabelo quando ouviu Arthur botar o telefone no gancho.

— Merda...

Ela deixou escapar um risinho. Não era irônico, aliás, se usa a palavra ironia de forma muito leviana. Era apenas engraçado e, portanto, Clarissa se permitiu rir.

Arthur estava sentado na frente do sofá, com a garrafa de vodca saborizada na frente, dois copos e um pires. Zazzles bebia goles da vodca do pires, afastava a cabeça, agitava-a, tropeçava em si mesmo, tentava andar, cambaleava nas próprias patas, errava os rumos, sentava, miava para Arthur, olhava para ele, levantava, caía, miava, sentava. Ficava ali por um minuto ou três encarando o abajur e, então, desmoronava no tapete fofo.

— É... — Arthur olhava para os próprios dedos. — Vida de gato é que é fácil.

Após algum tempo deitado, Zazzles bebeu do pires de novo, miou, parou, caído no chão por algum tempo. Depois, apoiou a cabeça na mesinha de centro. Tentou subir no sofá, mas as patas traseiras não empurravam com força suficiente. Puxou com as patas dianteiras, até que Arthur, rindo, puxou-o para cima do sofá. Arthur ria, ria, ria como um bêbado tem que rir.

A caminho da cozinha, Clarissa viu Arthur rir, rir, rir, Zazzles deitado no garoto. Em cima da mesinha de centro, um pires com vodca saborizada, um copo usado, um copo vazio, uma garrafa de vodca saborizada, um pacote de Beatles, um salgadinho com fedor forte de queijo.

— O que você tá fazendo? — ela disse. Clarissa não falaria com ele além do necessário.

— Brincando com o gato — Arthur ria. Mexeu nas patas de Zazzles, olhando-o: — Zazzy, Zazzy, Zazzy.

— Você tá brincando.

— E você — Arthur ria, mexendo em Zazzles — não tá falando comigo.

Ela berrou. Pararam de imediato. Clarissa andou até o sofá e tomou o gato de Arthur. Seguia até a cozinha quando ouviu:

— Porque boa mesmo — ele enchia seu copo outra vez — é a vida de quem passa o tempo todo trancado no quarto.

Ela parou. O que ele queria dizer?

— Olha só, falando comigo de novo. Vem cá.

Quiçá fosse a falta do que fazer naquela noite, o tédio, a solidão que não incomodava nunca, estava cercada de idiotas, quiçá a saudade, quiçá a verdade, mas Clarissa se sentou ao lado de Arthur.

Largou Zazzles, que voltou a circular pela sala, caminhando, a soltar miados, os passos tortos. As janelas abertas traziam barulhos de carros e pessoas, mas não vento, não brisa. Só mormaço. O ar-condicionado estava desligado, e Arthur cheirava a suor de maratonista. Ele serviu o segundo copo de vodca:

— Os onze são os piores, sabe? — terminou de encher o segundo copo e completou o dela. — Falam muito de catorze, quinze. Mas os onze são uma merda porque... — Arthur tomou um gole de vodca como se bebesse refrigerante — ... porque todo mundo é muito torto. Os garotos, por exemplo, não sabem o que fazer com aquela vontade de bater punheta, só batem punheta, tipo sarna. E são meio crianças ainda, então não entendem merda nenhuma.

Arthur tomou outro gole da vodca-refrigerante.

— Os doze são estranhos. Tem garotas que sabem demais aos doze, aos treze, uma coisa meio de amizade acontecendo. Começam a ficar espertas demais. Pra garoto é só punheta, você só quer ver uns peitos, sabe? E tem garota que com doze já começa a falar que se apaixonou pelo tio da padaria...

Ele virou o copo, vodca-refrigerante, Clarissa observava. Ele riu.

— Garotos também são assim, mas você bate punheta pra garota que você ama. Não é tanto amor. É mais uma obsessão esquisita, sabe? — ele se serviu de mais um copo de vodca. — Treze é perigoso. É número do azar, né? Pois é mesmo. Os meninos já ganham altura, já começam a ver como os mais velhos se comportam. Demora mais, mas aprendem. — Arthur tomou um gole de vodca-refrigerante.

Clarissa odiou Arthur por não lhe permitir a indiferença.

— Treze — Arthur fez uma pausa. — Catorze... Isso. Catorze. Catorze é quando começa.

— Começa o quê? — Clarissa perguntou. Não falaria com ele além do necessário.

— Você vai ver quando começar — ele ria. — Quinze só não é mais merda que onze porque você arruma uns namoradinhos. É que nem onze, só que você dorme menos de tarde. É tipo onze nível dois.

Arthur tomou um gole de vodca-refrigerante.

— O bom de quinze é que o pessoal nivela um pouco. Com onze, tem gente que tinha que voltar pra pré-escola e, aos quinze, aprende a fingir melhor... — dando um brinde imaginário, Arthur brincou com o copo, olhou a bebida se movendo.

— Com dezesseis e dezessete, você pega o jeito, mas tem gente que não.

Clarissa olhou para o copo cheio, pegou-o e ficou observando o fundo, transparecia a mesa de centro, mesa minimalista de cristal. Ergueu a cabeça para o garoto:

— E com dezoito pra dezenove?

— Ah, com dezoito pra dezenove, você espera que as pessoas sejam maduras e lidem com a vida.

Arthur virou seu segundo copo de vodca-refrigerante.

— Mas?

— Quê?

— Tem que ter um mas. Você queria falar um mas.

— De onde veio isso?

— Sei lá, a frase tinha esse jeito.

Ele sorria:

— A gente espera que as pessoas sejam maduras, mas percebe que a maioria nunca saiu dos doze. Tudo torto ainda.

Ela tomou um gole da vodca saborizada, que queimou boca, narinas, garganta, aqueceu, olhos ardiam. Fazia calor na sala. Clarissa se sentiu avermelhar. Ele voltou a rir.

— Tá se sentindo bem?

Ela assentiu com a cabeça.

Música pop vinha do prédio ao lado, *I've had a little bit too much just dance*. Arthur se servia de novo *gonna be ok*. Ao ouvir Arthur perguntar se Clarissa estava de bem com ele, ela disse que precisaria pensar. Os dois riram.

O copo se esvaziava devagar, queimando, goles pequenos e sofridos, lágrimas, ela sentiu tamanha facilidade para rir de tudo que acontecia. Zazzles tropeçou! Ele perguntava se ela *wish I could shut my playboy mouth* se sentia bem, se ela não queria vomitar, se ela não estranhava nada. Sim, estava! Porra, *don't call my name Alejandro I'm not your babe Fernando*, tinha respondido mil vezes já!

Clarissa começava a rir de ter falado um palavrão, embalou o pescoço ao ritmo da música
— nem cansa
don't be a drag just be a queen I'm on the right track babe I was born this way
Zazzles caiu!
Ria.
— tá se sentindo bem?
o me o life of the questions of these recurring
— a gente sempre se sente bem
Clarissa nem sentia mais o cheiro de suor — que nem sabia de quem vinha — ou cigarro ou salgadinhos. Ria. Falaram de adolescência entre uma música e outra.
Falaram de Zazzles e de sua recuperação maravilhosa. Falaram de Augusto, de Lorena,
— mas sabor de lixo
answer that you are here that life exists
conversas de bêbado, tudo tão engraçado. Discutiram os amigos de Arthur, as colegas de Clarissa. Disseram verdades justas, jurídicas, permanentes, sinceras e direitas, filosofias certeiras, como apenas os bêbados fazem.
— Sabe o que eu acho? — Arthur disse.
of eyes that vainly crave the light of the objects mean of the struggle ever renew'd of the
Clarissa ainda não terminara o primeiro copo.
— O quê? — ela ria.
poor results of all of the plodding and sordid crowds.
— Vou buscar música decente. Não aguento mais.
Não dava mais: aquele blah desgraçado *I see around me the question o me so sad recurring what good amid these o me o life*. Clarissa deixava o corpo ir no ritmo da música do vizinho ao concordar.

and identity that the powerful play goes on and you will contribute a verse tadaranana

— que bobagem

— mas

spin that record babe I wanna hold' em like they do in Texas plays

— aí ele disse "não é meu sangue!"

and identity that the powerful play goes on and you will contribute a verse tadaranana spin that record babe I wanna hold' em like they do in Texas plays

— você se acostuma

— mas não faria mais sentido se

Arthur colocou os CDs do Light Green no micro system da sala.

— Vai impressionar.

Ele se certificou de que o volume era mais alto que o dos vizinhos, e ela se sentou ao lado dele para ouvir.

Light Green, Vel Helicopter, Crickits. Arthur fazia Clarissa rir ao apresentar cada banda. Isso era rock progressivo, depois daquele outro viria o grunge, só que com aquele terceiro era uma pegada alternativa, e aquele quarto meio metal...

— ... você notou que...

Porque o experimental rock, na verdade, e ela conseguia ver que tinha alguma coisa de blues naquela dali? Aquela outra puxava para o pop rock, mas ainda havia muita discussão porque, na época...

Ela demorou três álbuns e muitas explicações para terminar seu copo inteiro de vodca saborizada. Dias depois, mal se lembraria do nome de uma ou duas bandas, apesar de ele ter apresentado todas de que gostava, seus melhores e piores hits, seus históricos, mudanças de membros e tours.

Arthur não voltou a perguntar a Clarissa se estava desculpado: a música consegue fazer as pessoas se relacionarem mudas umas com as outras. Aliás, os melhores momentos pertencem à mudez.

Estavam bem.

Clarissa não falou com Arthur além do necessário.

As tias começam a se sentar: estão todos bem com a lasanha? Todos têm uma fôrma de lasanha por perto?

Clarissa olha para a mesa dos adultos enquanto seu primo de oito anos conta de uma visita ao dentista. Outro primo, de seis, reclama do dente de leite. Mal ela vira a cabeça, a prima de doze anos, que come de boca aberta, conta como a oitava série é difícil e como muitos de seus colegas vão repetir. Ela sabe porque é amiga da professora.

Arthur se vira para uma tia e pergunta, do outro lado da mesa, cadê a mãe dele. Está tudo bem? Por que ela não está na mesa? Alguns outros primos brincam sobre o sumiço de tia Cristina e de tia Ana. Tia Pilar responde que a mãe de Arthur deve vir logo, está colocando as fofocas em dia, que Arthur não se preocupe...

O vô soube de toda a minha vida escolar, soube melhor que a minha mãe, soube dos detalhes dos namorados, dos sentimentais até os meio que carnais, eu trazia cartas que eu, tipo, recebia e lia pro vô. Ele, imobilizado na cama, só dizia:

— Sabe aquela boa história de "isso ele diz para todas"…? Cuidado, filha…

E fiquei chateada, claro, mas, quando meu vô morreu, eu não quis falar muito. E já não sou de falar, e eu e a minha mãe tínhamos estado na UTI por semanas, pra lá e pra cá na UTI. Cruzei os braços, meio que mexi na nuca, não quis falar porque eu tava meio cansada pra dizer alguma coisa. Com dezoito anos, eu não tinha nada de bom, de forte, pra minha mãe, que se divorciou e viu, tipo, a mãe dela morrer. Eu e a minha mãe nos olhamos, meio que ignorando os outros na sala da UTI. Em momentos assim, no funeral, nos dias que vieram depois, ou você fica quieto ou fala a melhor frase do mundo. O resto é lixo. No fundo, não tem nada pra dizer sobre a morte.

A matéria era sociologia das relações internacionais II, e eu, tipo, tava fazendo o trabalho final desde, tipo, a tarde anterior. Meio que decidi não dormir para ficar num bom ritmo de trabalho com café, guaraná cerebral e chocolate. Almocei, lanchei e jantei uns pedaços de chocolate e restos frios de almoço. Comia tudo, tipo, na frente do computador. Eu meio que tava no terceiro tópico e o telefone da casa tocou, tipo, às quatro da tarde. Disse um alô e ouvi:

— Alô. — Era a voz do vô, com certeza. — É a Carolina falando? — Sorri na hora.

Disse tudo. O vô tinha só, fazia muito tempo, se mudado. Morava longe, morava com aquela parte da família que tava em São Paulo, com quem a gente nunca fala, a gente tinha perdido o contato, e eu achei a oportunidade pra contar. O vô precisava saber do namorado, dos amigos, dos professores, agora já falei de Rafael, sim, agora sim eu tinha me apaixonado...

— ... ele é o conceito de felicidade...

— Carolina? — a voz do vô disse. — Carolina, aqui é o Josué, da Geschmacklos Seguros, a empresa da sua mãe. — E suspirei. — Tá tudo bem com você?

— Vou passar pra ela.

Decidi que precisava meio que dormir.

As tias passam, revisam as fôrmas de lasanha, os cheiros de lasanha, o cheiro de presunto e frango e a de quatro queijos e o arroz. Mandam Clarissa dar mais espaço para a prima ao lado enquanto amontoam mais salada (a alface e o tomate cheios de azeite) num canto.

Num canto do supermercado, Augusto conversava com a moça das amostras grátis do novo café extraforte agora com mais — Clarissa caminhava pelas estantes. Café, chá, importados, países exóticos, ideogramas, ideogramas, pó para cappuccino, mocaccino, embalagens plásticas, novo!, edição limitada!, azul, vermelho, amarelo, marrons. Não pensava nos cafés nem no sabor de café morno amostra-grátis-só-meia--dose-no-copinho-plástico que carregava. Clarissa andava entre as duas estantes, novo!, edição limitada!, café, chá, ideogramas.

Fazia duas semanas que o quarto de hóspedes tinha um hóspede para o ano inteiro. Clarissa se esforçava para deixar o garoto longe da mente e se incomodava quando notava a presença dele. Ficava feliz quando ele saía durante uma tarde ou outra, por mais que fosse pouco, por mais que não falasse muito, por mais que o maior problema que o garoto criasse fosse a trilha de cheiro de cigarro que deixava. Mesmo com o jantar, mesmo com tudo.

Jazz-chato (diferente do jazz-que-vale-a-pena) tocava ao fundo. Clarissa gostava de ir ao supermercado com Augusto, que conversava com a moça das amostras grátis, que ria. Na maioria das vezes, a empregada ou a cozinheira iam ao mercado. Elas sabiam o que comprar, quanto comprar, Lorena especificava as marcas e depois conferia na nota fiscal.

Novo!, cobertura para cappuccino, sabor morango silvestre, feito artesanalmente por freiras da Mahwahr. A embalagem tinha figuras bonitas, ideogramas que brilhavam, campos verdes, cestas de morango, gente sorrindo.

A moça das amostras grátis, enquanto conversava com Augusto, já distribuíra três outros cafés e comentou do novo café extraforte da marca nova que... Augusto ainda conversava com ela, assim como encarara a mãe de duas filhas na seção de produtos de higiene, assim como puxou assunto com a moça que pesava as frutas.

Quando, enfim, olhava para a própria filha, Augusto falava sobre marketing. Caminhavam entre as prateleiras, entre as seções. Aquele era chocolate de luxo, a proposta era diferente daquele outro. O valor na mente do consumidor era outro, podia-se cobrar outro preço por menor quantidade. Comportamento do consumidor, perfil de consumo, perfil de consumo. Aquele outro, o peso diminuíra para que a taxa de lucro se mantivesse igual. As grandes marcas diminuíam o peso e mantinham o preço para o consumidor conservar a ilusão de que "uma barra grande sempre custou em torno de três ou quatro contos". No tempo dele, a barra grande de chocolate de três ou quatro contos tinha duzentos e vinte gramas. Hoje em dia, era de cem gramas. Aquilo acontecia para atingir as camadas C e D, que não poderiam pagar o preço que uma barra de duzentos e vinte gramas custaria hoje em dia. A filha gostava de ir ao supermercado, gostava do pai, dos momentos com o pai, gostava do pai. Augusto apontava um estande preto e colorido. Clarissa via aquele ali? A empresa do papai que fizera aquele.

— As escolhas vieram de uma pesquisa...

... era bonito, não era? O redator tinha sido esperto, era um garoto novo, o slogan ficou legal. O diretor de arte tinha sido meio imbecil, mas o vermelho ficou bonito. Vermelho é associado a emoções fortes: era a imagem que o produto tinha de passar. O público-alvo eram mulheres.

— Vender pra mulher, Nenê — Augusto disse —, é um pote de ouro.

Novo! Clarissa pegou a embalagem colorida da cobertura para cappuccino. A textura do plástico seria descrita por Clarissa como aveludada. Um estoquista descreveria o plástico da embalagem como plástico, mas o plástico de Clarissa era veludo. Morangos silvestres da Mahwahr, é? Não olhou o preço, assim como não olhou o pai conversar com outras mulheres. Distraía-se com os novos e coloridos e propostas de marketing e os consumidores e olha o produto aquele e aquele outro e as cores tantas cores e o design da caixa e esta é redonda e aquele iogurte tem formato e vermelho e azul e amarelo e palavras grandes e enormes e umas letrinhas miúdas e contém fenilalanina e glúten e ovo e farinha de trigo enriquecida com e açúcar e novo e cores e palavras grandes e maiores. Clarissa não via o pai, e quando o via ele falava de marketing e ela voltava aos novos e coloridos e design e.

Instantes de esquecimento da casa, do intruso, do pai.

O pote plástico da cobertura para cappuccino se somou às coberturas de sorvete, aos sorvetes caros mas artesanais, aos chocolates de luxo, aos quatro tipos de queijo, a tudo dentro do carrinho. Augusto viu a filha colocar tudo dentro do carrinho e, aos sorrisos, assentiu. Enquanto empurrava o carrinho, despediu-se da moça das amostras grátis. Interessou-se pela cobertura para cappuccino. Assentiu, aos sorrisos, para a filha, escutou, aos sorrisos, enquanto ela falava que poderia tomar muito mais cappuccino agora, que devia ser muito boa, que eles podiam incluir na lista de compras oficial. Augusto concordou: deviam ir ao mercado juntos com mais frequência, quem sabe até trazer Lorena? Clarissa não queria escolher mais nada daquela seção? Era bom ver a filha contente por escolher o que queria. Augusto sorria e empurrava o carrinho.

Clarissa não via o pai, e quando o via ele falava de marketing e ela voltava aos novos e coloridos e tão bonito e tão bonito design e ela gostava de ir ao supermercado com ele.

Clarissa não gosta quando as tias insistem em cortar e servir a fatia por ela. Talvez "não gosta" seja um eufemismo. Ela detesta. Ao observar tia Pilar sair da mesa após servir todo mundo, Clarissa tem vontade de devolver sua fatia de lasanha à fôrma. É grande demais. A tia insistiu em colocar salada no prato de todos, encheu de vinagre, fazia bem, fazia bem, azeite de oliva. Clarissa havia pedido a de frango, recebeu a de presunto.

Siamo veramente (noi) animali stranissimi, capaci di grandi amori e spaventosi cinismi, pronti a proteggere un pesciolino rosso e a far bollire viva un'aragosta, a schiacciare senza rimorsi un millepiedi ma a giudicare barbara l'uccisione di una farfalla. Così usiamo due pesi e due misure per due condanne a morte, ovvero ci scandalizziamo per una e facciamo finta di non sapere dell'altra.

Umberto Eco, "La pena di morte ha due face"

Não porque Clarissa come, mas porque é hábito, tia Pilar pergunta às crianças da mesa: estão gostando da comida? A menina não tem certeza de uma resposta, talvez o presunto esteja seco demais, talvez tia Pilar tenha perguntado demais, talvez esteja tudo entupido de azeite, talvez esteja mesmo uma delícia, mas elogia. Sim, uma delícia.

Foi tia Pilar quem ligou quando Arthur recebeu alta da clínica. Clarissa estava ocupada se animando com o começo do ano letivo, os novos livros, novos cadernos, a sétima série, uau! Não via os pais circularem pela casa mesmo, muito menos trocando olhares. Avisou que tia Pilar ligara, queria muito falar com eles.

— "Vocês"? — Lorena franziu a testa.

— Sim — Clarissa disse. — Ela queria conversar com vocês dois juntos, era pra ligar logo.

A clínica era em São Patrício, o psiquiatra recomendava que Arthur não ficasse longe. O ideal era que ele continuasse vindo às consultas todos os meses, a medicação não faria mal, mas ele respondia com palavrões e discursos sobre neurologia e dependência de antidepressivos.

Apenas a luz do abajur estava acesa. Iluminava a cama arrumada com seis travesseiros, almofadas, colcha e capa protetora. Cheirava a roupa bem passada, tanto as colchas quanto os pijamas que Augusto e Lorena já vestiam. Os dois se sentaram em frente à escrivaninha de mogno, Lorena segurava o celular com as duas mãos.

Na época, Clarissa dormia em torno de dez da noite.

Sabe-se que ligações no meio da noite não são para bobagens: ou alguém morreu, ou alguém vai morrer, no mínimo de saudade. Lorena e Augusto só podiam ligar meia-noite — trabalho, sabe como é — e assim fizeram.

Enquanto Lorena discava, o casal mal trocou sons de respiração. Ouvia-se Zazzles pular de uma poltrona para outra na sala. Pulava de uma para outra, para o sofá, para o tapete, para o sofá, para uma poltrona.

A voz de tia Pilar se firmava a cada frase. Explicava sobre o sobrinho suicida. Eles se lembravam do escândalo que fora na época, não? Sim, logo depois do Natal, isso mesmo. Lorena, a que tinha o celular no ouvido, pedia algumas informações de novo. Mas a clínica era em São Patrício? Ela não se lembrava... Sim, sim, dizia, lembrava-se de Arthur muito bem, o desajustadinho da Cristina, claro...

— Por quê? — Lorena disse. — Precisam que busquem ele na clínica? Sexta?

Conforme assistia à esposa responder, Augusto baixava o rosto, pedia detalhes em voz baixa. Sussurrava à esposa:

— Se só puderem buscar ele na segunda-feira, ele fica aqui até lá...

Lorena acenou a cabeça positivamente para o marido. Tia Pilar, irmã de Lorena, ainda falava:

— e a Cris tá um trapo com essa história toda, tá morando com a Marlise, cê sabe

— o Arthur filho de um não sei quem, se tivesse um pai na vida

Tia Pilar, irmã de Lorena, a irmã que apresentara Lorena a Augusto, seguia o monólogo:

— é um menino bom

— ele nem existe, Lorena

— imagina se ano que vem ele passa na faculdade por aí
— cês mal passam tempo com o resto da família
— a troca de ares vai fazer bem pra ele
— as oportunidades que
— o menino leva jeito com desenho, Lorena
— ele precisa de uma referência de família bem ajustada que nem
— vocês nunca mais iam
— ele pode olhar a Cla, cês sabem, eles já se conhecem
— tão quietinho
— vai fazer bem
Lorena suspirava enquanto tia Pilar falava.
— Pilar — Lorena disse —, a Cristina tem noção do que ela tá me pedindo?
— Lô, Lozinha — Pilar disse —, não é a Cris. É todo mundo.
— Eu não sei, não é simples assim, botar um desconhecido pra dentro de casa.
— Ele é família, Lorena.
— Eu tenho que falar com o Augusto, com a...
— Eu fico na linha esperando.
— Ligo pra você amanhã, tá bem?
Atrasaram a reunião com os estagiários, demoraram para começar o trabalho de fato. A reunião de Augusto e Lorena fora sobre o que fazer. Ela repetiu os argumentos de Pilar. Sim, Arthur era família, sim, talvez ele precisasse de um exemplo mais estável que Cristina...
— "... porque deus é testemunha que aquela mulher não tava pronta pra ser mãe..." — Lorena suspirou sobre as pastas na mesa da conference room #4.
Relembrou a criação do pseudossuicida, Cristina o xingando por tudo o que fazia, dando-lhe tapas na cabeça por ter

se esquecido de usar os guardanapos, gritando por tão pouco, só porque ele chorava.

— Me dá a sensação de que ela gritava porque não sabia o que fazer — Lorena fez uma careta. — Talvez o garoto mereça uma chance.

— A gente não conhece esse menino, Lorena — Augusto disse. — Ele tentou se matar, assim, do nada. Isso não assusta você?

— Isso me dá vontade de conhecer ele, de cuidar dele.

— Ele é estranho, quieto... Em Distante, você lembra do problema com a polícia?

— Por favor, Augusto. Quem não bebe quando jovem? Distante é muito provinciana.

— A gente bem sabe.

Augusto e Lorena riram.

Augusto falou dos gastos, Cristina não se mantinha em muitos empregos, não conseguiria pagar pelo garoto lá. Sim, mandaria algum dinheiro para ele, mas não o suficiente. Lorena insistia. Ela enxergava os riscos, poxa, imagina aquele caipira no meio da capital?

Dentro da conference room #4, a esposa encarava o marido nos olhos ao falar. Qualquer coisa que desse errado seria responsabilidade deles. Augusto não via o rush de adotar aquele garoto jovem por um ano? Traria vida ao apartamento. Nunca haviam feito caridade. Além do mais, passava rápido.

Lorena, a mulher do marketing, mas também a mulher da publicidade, do merchandising, a líder do *thinking outside the box*. Era o que diziam. Não havia uma ideia que ela não vendesse. Quiçá fossem os riscos que vendessem a ideia para Lorena.

Quando os pais contaram do primo que viria morar com eles, Clarissa concordou. Era a decisão dos pais, eles deviam ter seus motivos, deviam ter decidido bem. Interessou-se pelo novo inquilino. Ah, era aquele primo que tentara suicídio? Ah, aquele magrinho?

— Vocês nunca foram muito próximos — Augusto sorria —, né?

Tatuagens demais, magro demais, comprido demais, quieto demais, esquecido demais, indeciso demais: era isso que Clarissa pensava do tal suposto primo. Concordava com as tias: o filho de Cristina estava numa corrida consigo mesmo para sumir. Clarissa o via uma ou duas vezes por ano, não entendeu direito o suicídio. Na verdade, Clarissa não entendia por que qualquer pessoa cometeria suicídio. Na verdade, Clarissa não entendia as pessoas de Distante. Na verdade, Clarissa não queria entender as pessoas. Na verdade, as pessoas agiam de jeitos estranhos, para não dizer errados. Na verdade, as pessoas deviam exigir mais de si mesmas, Clarissa via tanto potencial nelas. Por que não tentavam ser o melhor possível do possível? Como se satisfaziam com o mediano, com o suficiente? O que encontravam no medíocre? Por que não lidavam com seus problemas como ela fazia? Como as pessoas podiam ser tão tranquilas? Como alguém poderia se olhar no espelho e ver uma figura imensa no braço e achar aquilo agradável? Era permanente, as pessoas sabiam? Como Arthur conviveria com sua nova vida olhando as pessoas à sua volta, todas cientes do seu fracasso em acabar com a própria vida? Clarissa se mataria se fracassasse em suicídio. Não se lembrava do jovem com todos os detalhes, mas, desde que ele ficasse longe o suficiente da vida dela — do conjunto de hábitos que a constituíam —, Clarissa sabia que ficariam bem.

— Então tá — Lorena apoiava o telefone no ouvido. — Sexta-feira. Qual a ala mesmo? — Lorena anotou. — Sim, sim, a Clarissa gostou da ideia, domingo vamos nós quatro jantar fora... — Lorena riu. — Sim, a nova família se conhecer melhor.

O restaurante se integrava à rede internacional Pearwasp Neighborhood Grill and Bar. O conceito do lugar se concentrava em comida mainstream importada, everyday food, mas de alta qualidade, saladas, peixes, frango, massas. A ideia era se passar por um restaurante familiar da vizinhança. O Pearwasp Neighborhood Grill and Bar operava em dezesseis países e tinha duas mil filiais no país de origem. As cadeiras tinham encostos confortáveis, quando não eram bancos. Da mesma forma, pôsteres de rúgbi, futebol americano e quadros de prédios coloriam as paredes. O logo pintado à mão ficava junto à entrada de todas as filiais. As lâmpadas lançavam luz amarela e morna sobre as mesas, mas só o suficiente. As garçonetes passavam com pedidos cheirosos, feitos como o freguês pediu, com alho extra, sem tomate, sem ovo, o cliente está em casa, não está?

Usando a calça jeans e a camisetona listrada do uniforme, a garçonete terminou de entregar as bebidas a Augusto, Lorena, Arthur e Clarissa. Disse que traria a entrada logo, os pedidos viriam em seguida. Clarissa tomou um golinho de suco. Lorena perguntou, bebericando seu drink colorido, sobre Arthur, sobre o que ele pensava em fazer na faculdade. Arthur desmoronava sobre a cadeira.

— Ah, acho que design...

Lorena se interessou. Mesmo? Pois tia Pilar elogiara muito seus desenhos, ele sabia?

— Ela disse que você tem um talento inigualável...

... quem sabe naquele ano ele poderia fazer um curso! Augusto ria, entre goles de refrigerante. Logo após Arthur recusar o curso, Lorena disse: se ele começasse design na faculdade, poderia estagiar na agência!

— O Augusto começou trabalhando com essa parte de arte, criação também — Lorena contou.

— Mesmo? — Arthur disse.

— Mas é claro. Os primeiros estágios dele foram nessa área...

Augusto sorriu: o que Arthur achava da ideia, hein? Criação era fantástico. Dava trabalho, mas o retorno era fenomenal. Ganhar dinheiro com arte. Arthur deixou os ombros caírem sobre a mesa.

— Ah, legal...

Lorena contou da agência, de agências de publicidade, Augusto complementou sobre os designers da agência. Malucos de atar...

— ... você inclusive leva jeito — Augusto disse.

Arthur baixou os olhos. Soltou um sorriso como quem solta apenas um cachorrinho pelo quintal.

As histórias da agência vieram junto da comida, junto de mais bebidas e gargalhadas de Lorena e Augusto. Clarissa viu o senso de humor da mãe e do pai. Viu que a mãe sabia rir se quisesse.

— Então ele me disse: "Te consigo mais uma reunião se eu sair com a tua secretária". Só faltou eu dizer: "Ela usa sutiã de enchimento, já poupo trabalho pra você agora!" — quando contava isso, Clarissa enxergava outra mãe em Lorena.

Sua mãe não contava piadas. Sua mãe não ria assim.

É engraçado — não irônico — como as pessoas cristalizam as facetas de quem conhecem e proíbem outros lados de aflorarem à percepção. Começam a inclusive criar expectativas e sobem à arrogância de dizer que conhecem e entendem outros seres humanos.

Augusto e Lorena gargalhavam.

Contaram de pessoas, donos de empresas, *faux pas*, bons tempos, novos tempos, a agência. Dominaram o diálogo, a mesa, o restaurante, o Grill and Bar, a neighborhood, São Patrício, de São Patrício até Distante, dominaram o mundo, a Via Láctea. Mais do que Arthur, naquela noite, Clarissa conheceu os próprios pais. Arthur deixou escapar mais alguns cachorrinhos, acompanhou a conversa, entre uma garfada e outra. Deixou três quartos do prato da mesma forma que o recebeu. A garçonete veio buscar os pratos.

— E aí, família? Tudo bem?

Tia Pilar se vira a todos e diz novamente:

— E aí, tudo bem com a lasanha? Vocês estão gostando?

E Clarissa prova para, enfim, dizer com sinceridade que está muito boa. Tia Pilar agradece com uma reverência teatral.

Greice Vicloais sempre se opusera ao aborto. Mesmo o aborto sendo legal na França, Greice afirmava que era errado e que o Brasil estava certo de proibir. Era imoral. Era a saída fácil, assim como o suicídio. O marido, Jean, achava graça. E nos casos de risco de vida da mãe? E nos casos de estupro?

— As pessoas se apegam à criança depois — Greice dizia. — Tudo acontece por um motivo, tudo acontece por um motivo...

Greice estava prestes a tirar férias quando sua filha de quinze anos a chamou até o quarto. Queria conversar, o namorado, ela, umas dúvidas.

— Óbvio que ele não pensa em se casar, mãe — a filha respondeu. — Ele terminou comigo, falou que a culpa era minha — a filha fungou.

O som de risos, de talheres, de goles, de diálogos chega a Clarissa, que ricocheteia tudo. Sente vontade de conversar, mas não com as priminhas na sua mesa, não com as pessoas que falam nas outras mesas.

O avô fala. Fala como as pessoas que têm muito a falar falam: sem plateia. Em torno do avô, senta-se a avó, que treme, treme como as pessoas que têm muito a tremer. Também em torno do avô, sentam-se tia Magda, tia Rejane, e tia Pilar se sentará em breve, assim que voltar de sua reverência.

O avô fala. Fala de como todos os netos têm exatamente a mesma cara...

— ... exatamente, exatamente, igualzinha... todo eles...

Fala de como se confunde porque Caio é a cara de Marcos, que é a cara de Clarissa, que é a cara de Arthur, que é exatamente igual a Fernanda. Conecta a história a algo em seu passado, uma notícia que ouviu no rádio, um deslizamento, fala de peripécias e aventuras na casa, a voz treme, mas não por insegurança. Ele tem a certeza de ser ouvido. A voz do avô treme como a voz das pessoas que muito tiveram o que falar. O avô fala, embora todos também falem: tia Magda, tia Rejane e tia Pilar — agora sentada —, os maridos, as outras tias, os primos, o marido de Ana. Em seu silêncio, até os assentos vazios de Cristina e Ana se comunicam. O avô fala para as pessoas que também falam. Tia Pilar se vira para o avô.

— Ah, pai, por que o senhor tá tão quietinho?

— Ah — Arthur segurou a mochila de Clarissa enquanto ela entrava no carro —, como foi a aula? Tudo bem?

Clarissa pegou a mochila de volta, com a nova obrigação de pensar sobre a aula, sobre os colegas toscos e imperfeitos, ranhentos e barulhentos. Suportava as aulas graças a Jéssica, mas tentou se divertir por meio segundo com a questão de se Jéssica era sua amiga.

Era colega, não amiga. O conceito se diferenciava como matemática e português, como o abecê e três quartos. Os fatos para Clarissa eram tangíveis. Eles ecoavam tanto que ela seria, de novo por obrigação, fiel ao que sentia. Dificilmente era — em parte por não entender, não pensar a respeito ou ignorar —, mas havia apenas uma certeza concreta.

Clarissa e Jéssica ficariam juntas, coladas, lado a lado ao fazer trabalhos, ao discutir questões, ao copiar o trabalho uma da outra (Jéssica de Clarissa e, futuramente, Clarissa de Jéssica), uma frequentaria a casa da outra, cumprimentaria os pais, elogiaria os pães de queijo da mãe, uma frequentaria a casa da outra, acompanharia os trabalhos, as cartolinas, os glitters, a cola colorida, comentaria do primo esquisitão que morava com eles, mas como vocês aguentam? Sei lá, vai entrando na rotina, a gente nem percebe direito... mas não, isso não configurava "amigas". Com o passar do ano, o conceito de amizade se clarificou e se clarificaria cada vez mais. Clarissa poderia fazer um relato, enfrentar o desafio de expressar em palavras aquilo que sentia — mas que em parte não entendia, não pensava a respeito ou ignorava. Podia começar naquele instante, naquele já, naquele banco da frente, enquanto ligava o ar-condicionado, mexia na saída de ar, o vento frio correndo pelos seus dedos.

Além de Jéssica, os elogios dos professores, o tédio das perguntas repetitivas, das repetições, eles eram todos crianças, os professores inclusive, as conversas sobre tópicos cansativos, as repetições, as repetições, o erguer de braços e a vontade de participar, nos quais — dia após dia, frase após frase respondida — Clarissa encontrava seu próprio pedantismo.

Clarissa se deteve ao pensar sobre como não queria mais participar.

Participar: não queria mais ser parte.

Queria se desligar da aula, daquele universo minúsculo, de tudo que já conhecia que estava fora do alcance deles.

Clarissa podia, poderia, havia já podido, se quisesse. Podia explicar a Arthur, podia começar.

Mas Clarissa se afastou. Afastou a mão do ar-condicionado, do vento frio que entrava no carro. Ensimesmou a mente. Como havia sido a aula? Tudo bem?

— Tudo normal, tudo bem.

— É verdade, pai — arremata tia Magda. — Tá tudo bem?

PRECISA-SE DE CHAPISTA

Interrompe-se o questionário. Tio Felipe segura a câmera. Fotografava desde que havia chegado: os filhos, a mesa posta, as tias na cozinha e agora...

— Uma foto de todos antes de comer. Vamos! — tio Felipe gesticula. — Vamos!

Reúnem-se em torno da mesa, em torno do avô. Segura o sorriso. Uma pena que Ana e Cristina não estariam na foto, não é? Bom, estarão em outras. Tio Felipe pede que Clarissa, anjinho da vida, fique mais perto da tia Helena, isso, aí sim...

— Aí sim — Clarissa tirava Zazzles do quarto de Arthur, do cheiro de cigarro — você entende por que a tia Magda se divorciou três vezes.

Arthur fumava perto da janela. Ele tossiu, o sabor de nicotina se espalhava pelo quarto.

— Tia Magda se divorciou três vezes?

Da televisão na sala (full HD, conexão à internet, 3D, cinquenta e duas polegadas) rolava pela casa a trilha sonora dos créditos finais, o sitcom favorito de Clarissa e Arthur. Alcançando o quarto. Clarissa segurava Zazzles:

— Sim, você achava que ela tava no primeiro casamento?

Arthur apenas segurava o cigarro entre os dedos amarelos. Olhou o cigarro queimando. Atrás de Arthur, a janela aberta, a noite clara. Arthur olhava para dentro do quarto, o cigarro queimando entre os dedos.

— Porra, sim.

— Sim — tio Felipe desliga a câmera digital, os familiares descansando seus sorrisos. — Agora sim! Vamos comer, que agora tá registrada a mesa bonita, todo mundo bonito!

Oi Ju,

Eu sei que faz um tempao que a gente nao se fala (nao sou esquecido, po), mas tambem, tu tah morando em sao paulo a quanto tempo? como que tao as coisas? tu ainda tah com a Dead Day? tah muito ocupada e tals? muito trabalho? e o dani, tudo bem com ele? po, muito tempo que a gente nao se fala, muito tempo. ele sempre dizia que eu era talentoso, que devia sair daqui com voces, gente finissima.

Olha soh, queria te pedir um favorzinho. eu sei que tu ta sem tempo e tals (tu ja tava sem tempo quando saiu daqui ahashauhsauhsa), mas serah que tu tem como falar com o pedro gonzaga? ele trabalhou na primeira demo do pessoal da No te vas a gustar, e eles sao teus amigos, neh? eu vejo sempre nas zines, noticias e tal, voces juntos e tals.

Eu meio que nao queria pedir, meio que queria que chegasse naturalmente, mas sei la, o pessoal insistiu. acho que eles tem razao, cortar o meio de campo, a gente precisa se destacar, neh. da ultima vez que a gente se falou, tu elogiou um monte o nosso sim e comentou que recomendou pra um monte de gente, mas se esse troço cair nas maos do pedro gonzaga, as coisas vao ir pra frente. ele vai saber reconhecer o trabalho e po ele eh de sao paulo, vai ajudar um monte esse reconhecimento aih pra cima. nao me importa se ele vai ouvir ou nao, se ele vai tacar fora, mas eu nao queria que *ele nao ouvisse por nao ter* acesso ao material, sabe? a gente tah crescendo bastante aqui na cena Gauderia. Eh legal de ver. mas po, sao paulo, eh outro nivel. esse tipo de oportunidade, seria otimo pra nos. se precisar, te mando o que a gente tem gravado fisico msm tipo via Sedex, uma cartinha, tudo direitinho. se nao puder, tambem eu vou entender.

A carol, a mila e o gus te mandam um beijo. (tu te lembra do gus, neh? claro que lembra.)

abs,

-lu

Voltam aos lugares, voltam a comer de verdade. Logo após Arthur terminar de se servir de arroz, ele se vira para tia Pilar.
— Mas a minha mãe não tá demorando demais?
— Mas a minha mãe não tá demorando demais? — Clarissa disse. O relógio marcava duas da manhã e o filme recém-acabara. Enquanto Clarissa convencia Arthur a ir dormir, ela também se convencia: talvez gostasse do primo.

Já havia pensado sobre isso depois da apresentação de piano. A cada convite para que ela fosse com ele para a casa de amigos, Clarissa repensava sua recusa. Arthur não dizia mais a Clarissa, ao sair, que ia estudar. Apenas a convidava para vir. Ia ser divertido, ela ia gostar de ver a rua. Clarissa dizia que tinha de estudar, tinha de cuidar de Zazzles, ele não podia ficar sozinho durante tanto tempo, ela preferia ser segura, queria ensaiar mais um pouco de piano, naquela tarde tinha aula de natação, tinha de ir. Ouvia o barulho da porta fechar, repensava o que dissera, mas logo vinha a sensação de "foi melhor assim".

Clarissa começava a requentar o almoço quando ouviu Arthur, as chaves dele, seus passos. Ele demorava mais, afinal vinha de ônibus. Arthur se servia de arroz quando perguntou se ela queria ir à casa de um amigo dele, na rua paralela, passar a tarde. Jogar videogame, eles beberiam talvez, mas ela não precisava.
— Vai ser legal — Arthur dizia e disse de novo.
Clarissa suspirou. Não, Arthur, ela não queria. Arthur riu. Por que não? Porque não... Clarissa não conhecia ninguém.

— Clarissinha, minha flor, você vai estudar a vida inteira. Não é a sétima série que vai fazer diferença.

Clarissa recusou. Por mais que permanecesse silenciosa ao comer, Arthur argumentava que Clarissa viesse com ele. Fazia quanto tempo que não via pessoas? Ela via pessoas sem ser por obrigação? Fora da escola? Ela tinha medo de gente? Ela tinha amigos? Uma tarde só...

— Arthur, chega. Eu não quero ir, eu não vou querer ir — Clarissa pôs seu prato na pia num baque. — Quando eu quiser, eu aviso.

Arthur se desculpou, só queria ajudar, queria que Clarissa convivesse... mais...

— ... com pessoas.

— Acho legal você se importar — Clarissa saía da cozinha. — Mas você não tem direito de dizer o que eu preciso fazer ou não.

— Ah, só seus pais têm.

Se Clarissa fosse à sala, Arthur estaria na sala; se ela estivesse no quarto, ele estaria no quarto; se estivesse no banheiro, ele esperaria do lado de fora. Mal deixava o banheiro, ele tocava seu ombro: vamos?

Clarissa viu graça: por que Arthur queria tanto que ela fosse? O que tinha de tão bom? Quem eram essas pessoas com quem Arthur convivia?

Tantas eram as dúvidas que Clarissa foi. A cada passo do caminho até a rua paralela ela se perguntou por que ia e afirmou para si mesma que poderia ir embora quando quisesse. Mas seguiu. Enquanto caminhavam, Arthur falava, gesticulava como um cachorro ao ver o dono após uma viagem.

A casa de Luiz tinha barulho dentro. Era só um amigo.

— Um aleatório — Arthur explicara.

Música, o videogame ligado, vozes conversavam, sons entrecruzavam, pessoas caminhando. Eram cinco garotos, da idade de Arthur, alguns mais velhos, alguns tatuados, alguns de óculos, alguns com uniforme escolar, o irmão mais velho com camiseta da faculdade. Olharam para Clarissa. Arthur trouxera um bichinho de estimação junto?

— Oi, queridinha — um deles sorriu.

Cumprimentaram-na, abraçaram-na.

— Qual seu nome? — outro deles sorria.

— Clarissa.

— Uma merda de nome — o irmão mais velho que estava na faculdade disse.

— Minhas colegas me chamam de Cla.

— Ah é?

— Colegas de quê?

— Escola.

— Você tá em que série?

— Sétima — Clarissa continuava de pé, enquanto perguntavam sentados.

— O Arthur trouxe um bichinho de estimação mesmo — sorria um deles.

— Bem "inho" mesmo — sorriu outro. Insistiu que ela se sentasse junto.

Não beberam, como Arthur diria que talvez fizessem e como fariam em outras ocasiões.

Não fumaram, fumariam em outras ocasiões. Clarissa, olhando-os de boca fechada, piscou. Os amigos faziam piadas entre si, um professor paunocu, uma professora que não trepa desde a faculdade, um level fodido no jogo, Clarissa os olhava, deixava escapar um risinho. Perguntavam da prova no dia seguinte, ninguém sabia, Clarissa deixava escapar um risinho, outra brincadeira, garotos engraçados.

Clarissa não fazia nada, talvez nada fosse o que mais fizesse para gerar interesse. Luiz ou Arthur ou um ou outro deles tirava os olhos dos amigos e do videogame para perguntar:

— E aí, mascote, continua comportadinha?

Fez-se de invisível para observar como se dizia e o que se dizia. Na primeira vez que os viu beber, Clarissa se sentiu como se tivesse levantado a cabeça rápido demais.

— Já bebeu, Cla? — disse um deles.

— Quer experimentar? — disse outro.

Recusou a bebida porque não saberia como reagir ao tomar. Quando os viu fumar, quando viu garotas virem também, já conseguia interagir, já aprendera entonações.

(Não que Clarissa nunca fosse beber na vida. Haveria ocasiões. Eventualmente, em tempos futuros, em tempos distantes, como numa versão futura de "Era uma vez": será uma vez. Será uma vez... uma mulher que bebeu cerveja. Todos bebiam, um após o outro após o outro após o outro. Ela bebeu. Será que era o gosto que todos os outros sentiam? O gosto de algo que deveria sair do organismo, do fígado, do rim, das vias nasais. Não o gosto de algo que deveria entrar.

(mas isso era o futuro))

Cada um dos garotos ali se olhava nos olhos ao falar, ao interagir. Cada fato contado por um era parte de uma história maior, a história deles. A merda de um era a merda de todos. Importavam-se, lembravam-se, aprovavam o que cada um fazia, por mais reprovável que fosse.

— E era casada?

— Com um filho.

Não importava a ninguém. Suas atitudes flutuavam em lógica, era correto e as pessoas daquele cômodo apreçavam. De vindas regulares ou não, com nomes e apelidos ou não, as pessoas recomendavam as atitudes. Nunca diriam

— Não come isso...

Nunca perguntavam a respeito de uma responsabilidade, um dever de casa. O assunto surgiria se Arthur trouxesse à tona. Aprovavam o fato de Arthur fazer ou não. Olhos nos olhos: eram boas as justificativas. Sabe por quê? Porque Arthur, no fim do dia, riria de volta e os faria rir. No fim do dia, concluiriam que game over, sempre haveria uma vida extra, mais pontuação a marcar, um nascer do sol, mais um cigarro na carteira, mais dinheiro com os pais, e mais um dever de casa para fazer ou não.

Clarissa quis daquela sensação. Quis sentir os olhares aprovando-a. Patética, infantil, Clarissa podia ouvir. Pela primeira vez, temeu os pensamentos que lançava com naturalidade, pensamentos como músculos que respondem à dor. Temeu que os pensamentos que ela lançava a seus colegas infantis fossem os mesmos que recebia.

Tão pouco ouvia os pais e tão pouco ouvia qualquer comentário.

Quis o olhar daqueles adolescentes, cigarros na mão, cheiro de suor, guitarras e vozes.

Por mais que os detestasse, por mais que fossem sujos, errados, burros — sim, burros —, e quiçá irresponsavelmente adultos, Clarissa quis participar dos olhares. Queria se afastar, queria voltar a dormir (e só dormir por muito tempo), mas queria ficar e ser notada.

Arthur a puxava.

— Daí távamos eu e a Cla... Né, Cla?

— Você se lembra, Cla?

Ela queria ficar e ser notada. Fugir e ficar. Ela tinha histórias para contar, sabiam? Todos têm. Todos têm histórias que nunca contam. Clarissa tinha.

Nunca gostava, mas sempre gostava. Nem sempre ia, mas quando ia gostava.

Começou com comentários dentro de diálogos, respostas irônicas a Arthur, interjeições. Intrometeu-se de leve e, antes que notassem, Clarissa conheceu a linguagem corporal de todos, os problemas, o uso de gírias e palavrões, as bocas abertas ao mastigar e as indiscrições. Com o tempo, aprendeu que, no momento e no tempo certos, tudo pode ser dito. Com o tempo, aprendeu a técnica de se divertir. Com o tempo, aprenderia mais.

— Deve ser um saco só você sóbria e todo mundo bêbado...

Ela riu em resposta. Não disse que para ela não fazia diferença. Não disse que os bêbados eram tão irritantes quanto os sóbrios, só que de forma explícita. Para Clarissa, pessoas chatas continuavam chatas quando bêbadas.

Para Clarissa, todos eram irritantes. Arthur também irritava com suas perguntinhas, sua tranquilidade.

Clarissa sempre acabava a sóbria entre os bêbados. Mesmo que só bebessem chá.

Aprenderia sobre o bêbado entre os bêbados e suas opiniões de que gênios hoje em dia não precisam de faculdade e escola, precisam de uma ideia brilhante. Aquele cara que inventou aquele site não era formado, inclusive precisou largar a faculdade por causa do site. Bastava uma ideia brilhante. Ao mesmo tempo que fazia contas de cabeça, se no nível dois ganhara 8763 pontos, e, com aquele extra, poderia duplicar sua pontuação em resistência...

Ele não perguntou a ninguém como calcular.

A pergunta de Arthur resiste no ar. Tia Pilar interrompe seu diálogo com Lorena:

— Ela deve vir a qualquer instante, não se preocupa! Come, Arthur, come. Emagreceu...

Você está numa plataforma de trem fina fina fina e dois trens partem, em sentidos contrários. Velozes. Você sente o chão vibrar, ouve o chão ecoar, o ar corre entre os trens e na sua direção. O ar aperta você. O chão vibra. Você ouve as rodas, uma pessoa, sente um perfume de fumaça, longe. Segure a respiração e não dê nenhum passo.

Por tédio e por saber que não devia brincar com a comida, Clarissa passa o garfo por dentro da lasanha, desestrutura-a, bagunça a ordem das camadas, o queijo, deixa que o cheiro de molho com presunto se espalhe pelo prato. Após ouvirem que se elas poderiam comentar o peso de Arthur ele poderia comentar o delas, as tias decidem falar do lustre novo da sala. É bonito, não é? O problema é que elas descobriram que não combinava com a sala. Descobriram isso apenas após comprar. É, pois é, elas gargalham. Prometem: haverá naquela sala de jantar, no Natal seguinte, um novo lustre, mais bonito.

Haveria naquele quarto algo que a oprimiria. Naquele quarto específico de São Patrício. Do momento em que Arthur partisse em diante, seria como se o Zeitgeist do quarto trancasse Clarissa dentro dos instantes que ela passara, aos quais assistiu, lá. Ou talvez fosse mera opressão interna. Uma opressão que viria de dentro, junto das memórias, mas oprimiria Clarissa por inteiro. Uma opressão que oprimiria de dentro para fora. Naquele quarto específico.

Mas isso seria o futuro. E num futuro sem Arthur Clarissa não pensava, nem na despedida. Nem mesmo naquele quarto específico.

No quarto específico onde Ana e Cristina estão, o cheiro de suor se estabelece. O cheiro-gosto do almoço, da lasanha, mantém-se longe. No quarto específico onde elas estão, Ana e Cristina não ouviram as perguntas sobre como estavam, sobre por que não vieram almoçar. Ana fala de Arthur quando bebê, Cristina se lembra de como precisava de carona pro hospital no meio da noite? Cristina se lembra de ter de levar o menino de ônibus, enrolado em cobertores? A pneumonia foi implacável... E toda a família estava tão fechada em seus assuntos, tão objetiva, tão ocupada, tio Jorge com os processos de falência da empresa, foi o ano em que Thiago rodou na sexta série (nem dava pra acreditar que Thiago agora trabalhava fora, né?), as tias com planos de se mudar para a casa dos avós para ajudar o avô a cuidar da avó, as reformas nos quartos...

— O Augusto já estava em São Patrício — Ana olha para Cristina. — Já estava com a Lorena há tempos. Saíram daqui juntos, a agência pensada — Ana mexe no colchão onde estão sentadas, sem lençol, apenas o colchão. As luzes do quarto ainda estão apagadas.

Cristina se lembra dessas coisas? Cristina sorri com as bochechas, um sorriso bonito. Bonito, o sorriso das bochechas.

Clarissa observa o garfo com o qual remexe sua massa fatiada de lasanha. A prataria boa da casa, a prataria bem-cuidada. Para impressionar, com certeza. Não deixa de ser bonito, mas não deixa de ser um garfo. Bonito, o garfo.

— Tu sabe se o cachorro-quente daqui é bom?
— Sei lá, Dessa, eu gosto daqui.
— O ruim é que tem essa praça do lado, fedendo a maconha.
— Hahahaha, mas isso é em todas as praças a essa hora...
— Espero que não demore também. Tu prometeu, ô Carol.
— É, e eu não queria ficar na rua por tanto tempo.
— É, nem eu. Tô toda arrepiada desse frio.
— Não. Por causa dos maconheiros.

— Brigada, moço.
— Tem pimenta?

— Ô Carol, já te perguntou quantas pessoas tão comendo um cachorro-quente neste exato momento?
— Desculpa, não entendi.
— No mundo, sabe. Quantas tão comendo um cachorro-quente?
— Dessa, falando em maconha...
— Pensa só: a gente pensa que é algo triexclusivo, estar sem mais ninguém, comendo numa carrocinha de cachorro-quente na Nilo Peçanha...

— Bah, Dessa, eu não acho exclusivo. Acho barato. Não que a Nilo seja uma rua barata. — E por que a gente não tá no Pizza Hut ali?

— Ah, Dessa...

— Dá vontade de dizer: sim, pessoa que se sente bizarra e cheia de falhas, que come cachorros-quentes em lugares aleatórios, sim, eu tô aqui também.

— Como assim?

— Ô Carol, pensa só: se essa pessoa é exatamente igual a nós, comendo cachorro-quente, ela deve tá pensando a mesma coisa, buscando outra e se perguntando se alguém pensa nisso.

— É, Dessa, tem tanta gente esquisita no mundo que uma deve ser assim.

— Então. Não dá vontade de dizer: tô aqui e espero que tu saiba que é verdade.

— É verdade?

— É. É verdade que eu sou tão estranha quanto tu.

(Não sorrisos, apenas um único olhar de pressa, de incompreensão, de a-lasanha-está-boa-mesmo-né? e de vou-ter-que-voltar.)

E aquela é a única vez durante o almoço em que Clarissa e Arthur trocam olhares.

E aquela foi a única vez que Clarissa perguntou a Arthur sobre sua tentativa de suicídio. E, naquela vez, Clarissa não perguntou a Arthur sobre psiquiatria, sobre psicólogos, sobre remédios, sobre cicatrizes ou técnicas.

E, naquela vez, por causa dessas ações que a gente não pensa muito, Clarissa não perguntou a causa das ações de Arthur. Não se lembrou, escapou do contexto. Ou talvez não houvesse uma razão, como a maioria das coisas na vida. O amor: completamente sem razão.

A resposta de Arthur foi que mudassem de assunto, que deixassem pra lá, que não importava mais. Falou do campo, da bola de futebol, do calor do verão, do puta fedor de mijo, dos bancos duros, das malas que devia fazer, de Distante, dos garotos que iam jogar logo em seguida.

E aquela foi a única vez que Clarissa perguntou a Arthur sobre sua tentativa de suicídio.

E durante o almoço, por causa das ações que a gente pensa muito bem, afasta-se cada vez mais o tópico da tentativa de suicídio de Arthur. O tópico nunca será o suicídio. Cada vez maior a probabilidade de não se falar nisso. Mantém-se o silêncio a respeito de se ele melhorou depois do um ano na casa de Augusto e Lorena. Melhor que os tios façam piadas sobre o novo emprego de Marcos numa fábrica de escavadeiras.

06 • Jornal das nossas estações • 14-20 de maio de 2011
Porto Alegre • Canoas • Esteio • Sapucaia • São Leopoldo

PERSONALIDADES DO NOSSO DIA A DIA DO TREM!

Marcela Leal Cordeiro tem vinte e um anos e é daquelas — esforçadas! — que trabalham de manhã e à tarde e estudam à noite. Marcela trabalha e estuda em Porto Alegre, mas mora em Esteio.
(Foto: rosto oval, maquiagem Panvel sobre as olheiras, sorriso Colgate, fundo amarelo.)
Foto: arquivo pessoal

GOSTO DO TREM PORQUE É VELOZ

Marcela trabalha como secretária numa agência de encaminhamento de estágios no centro de Porto Alegre e gosta de lidar com pessoas. "É muito bom ver os outros encontrando seus destinos, dia após dia", ela diz. Ela estuda pedagogia na PUCRS em Porto Alegre e utiliza o trem desde a estação Esteio até a Mercado. "Gosto do trem porque é veloz. O único problema são as pessoas, existem horários em que parecemos sardinhas enlatadas!", brinca.

Marcela mora com a mãe, o pai e a irmã, com quem gosta de passar o tempo conversando, assistindo à novela e tomando chimarrão ou comendo pipoca. "Às vezes, planejamos ir à Redenção, ou ao Jardim Botânico, mas sempre temos outros compromissos. Mal temos tempo de ir aos shoppings porto-alegrenses", revela. Nas horas vagas, gosta de assistir a filmes com o namorado e ir ao shopping. "Eu iria mais a festas se meu namorado fosse também, ou se ele gostasse de dançar", confessa. Marcela diz que, quando solteira, costumava sair para dançar duas ou três vezes por semana. "Adorava!", comenta. Marcela também gosta de viajar: a cidade que mais gostou de conhecer foi o Rio de Janeiro. O casal está planejando ir à Argentina em breve, mas, se não conseguirem, deixarão para a lua de mel.

Marcela torce para o Internacional de Porto Alegre, mas não é muito ligada em futebol, pois prefere vôlei. "Meu namorado é fissurado!", ela diz, empolgada. Marcela nos conta com exclusividade que certa vez começou a jogar futsal, mas foi um desastre: "Ninguém queria me convidar mais para jogar, porque eu quase fiz dois gols contra!". Ela ainda conta que chegou a participar de um grupo de teatro que fazia apresentações em lares para idosos e hospitais.

PERFIL DE MARCELA

Marcela admira nas pessoas: dedicação, carisma, simpatia, coragem, respeito e força de vontade.
Filmes: não tem muita preferência, desde que não sejam aqueles com cenas "sem muito sentido". Prefere ação e comédia.
Música: gosta de todos os tipos.

Comida: "Eu gosto é de comer! Desde que não seja ambrosia, arroz de leite, canjica ou romeu e julieta".

Se você quer ser a próxima personalidade, entre em contato pelo telefone 3347-4014 ou pelo e-mail personalidadedotrem@jornaldanossaestacao.com.br.

As tias dão garfadas na comida enquanto perguntam das namoradas, da faculdade, do emprego, da escola, do vestibular, do cursinho, tudo dos sobrinhos, até chegarem à carteira de motorista de Arthur.

Lorena, Augusto, Arthur e Clarissa se sentavam em torno da mesa para o café da manhã de domingo. Clarissa suspeitava de que Arthur tivesse algo em mente para estar no café da manhã de domingo, afinal, eram oito horas. Talvez Arthur quisesse compensar pelo alargador, pela discussão com Lorena após o alargador. É, devia ser para compensar, para mostrar que ainda estava na casa, que ainda existia, apesar de sair tanto. Os pais tinham de correr para a agência, prometiam voltar para o jantar.

O suco de laranja era natural e tinha aquelas coisinhas de suco de laranja natural dentro. Clarissa bebia e ouvia Arthur. Ele falava, falava e falava, como se estivesse bêbado, tinha muito a contar sobre a última visita a Distante, a mãe, o fim do semestre, terminou por dizer que estava de férias. Mas já? Sim, já. Teria três semanas de férias e, apesar de beirar oitenta e cinco por cento de faltas, fora aprovado em todas as matérias. Augusto o parabenizou, perguntou das férias de Clarissa, aham, estavam perto também, mas ela tinha as provas de fim de semestre ainda, estavam difíceis, ela estava se esforçando muito, as apresentações finais de piano, sim, sim, pai, enquanto Lorena, cabeça baixa, comia uma fatia de melão.

— A próxima meta — Arthur disse — é tirar a carteira de motorista.

— Mas me diz — Lorena levantou os olhos para Arthur —, quem vai pagar pela prova?

Arthur catou mais uma fatia de pão no saco.

— Augusto, a Lorena contou pra você que ela *me prometeu* que me daria a prova da carteira de motorista se eu passasse nesse semestre? — ele preparava um sanduíche cheiroso de queijo gruyère e blanquet de peru. Ora mordia o sanduíche, ora virava o rosto para Augusto, ora para Lorena, ora para Clarissa. Lorena limpou a garganta: a conversa não incluía ninguém além deles.

— Pois então que converse — Arthur mastigava.

Enquanto Lorena aprumou a postura, largou a faca dentro da fatia de melão.

— Como você economizou pra fazer essa... coisa na orelha, e não pra carteira?

Arthur sabia que passaria na escola, decidiu gastar com o que não lhe haviam prometido. Lorena se calou, Clarissa não sabia se por irritação ou por falta de resposta.

Ou por razão nenhuma.

Além de Lorena, a mesa silenciou após a fala de Arthur. Cheiro de café, sabor de suco de laranja, pão doce, pararam. Os ruídos de talheres, mastigação e pedidos para alcançar ocuparam a cozinha. Clarissa tomou mais um gole de suco, virou-se para os pais.

— Ele podia me buscar na escola...

O silêncio se rompeu num clac.

— E prometer e não cumprir não é legal... — Clarissa disse. Outro clac soou dentro do silêncio. — É difícil passar, o Arthur se esforçou. Imagina, mamãe, se eu não passo nas provas finais agora?

Clac, clac, clac.

Arthur passou na prova teórica para a carteira nacional de habilitação com noventa e três por cento de acerto, passou na prova prática com dois pontos. Deixou o carro morrer uma vez só, na ladeira.

De fato, Arthur podia buscar Clarissa na escola. Apesar de um ou outro resmungo de Lorena, um olhar feio, diversas recomendações que ecoariam até o fim do corredor sobre cuidados com o carro e os acessórios, Arthur buscava o veículo na agência de publicidade de Lorena e Augusto, largava a menina em casa, levava o carro de volta à agência.

— Hein, Arthur, já leva isso aqui — Augusto entregava dinheiro para o sobrinho — e deixa o carro pra lavar... — o dinheiro que Augusto dera era o triplo do necessário para lavar o carro.

Nos dias em que o rapaz tinha de levar Clarissa às aulas de piano e às aulas de natação e às apresentações e cá e lá, Lorena e Augusto usavam o mesmo carro e deixavam o outro em casa. Lorena fazia as recomendações de cuidado, de manutenção. Ao fim do mês, Lorena já concluía com: "Nada que você não saiba, não é?".

Às apresentações, às reuniões de pais e mestres, Lorena e Augusto só iam quando havia problemas. Não sabiam o nome de nenhum professor de Clarissa, nem os haviam visto em nenhum lugar além de bilhetes sobre eventos da escola, que também eram guardados, prometidos e esquecidos.

— O Arthur te leva, você fica até o fim com seus colegas... — Augusto calculava quanto de gasolina Arthur precisaria colocar. Então dava um valor acima do resultado.

— Pode ir pro happy hour depois da apresentação... — Lorena separava dinheiro para que Clarissa pedisse até sobremesa.

Médicos confundiam Arthur com um irmão mais velho de Clarissa. Surpreendiam-se com a quantidade de informação que ele sabia sobre a menina, como o quanto comia, os horários e se ela escovava os dentes depois de cada refeição.

O consultório do médico da família tinha um quadro sobre cuidados com sinais da dengue. De resto, era branco e gelado. Atrás da mesa de metal, o dr. Di Santi, dermatologista, levantou a cabeça da prescrição médica para Clarissa e, então, para Arthur:

— Primo, é? — ele sorriu. O sorriso do doutor enrugava as rugas que já naturalmente enrugavam seu rosto enrugado. — Têm certeza?

Clarissa gargalhou com a brincadeira. Afinal, ele queria descontrair após ela ter falado tanto daquela nova mancha na pele. O dr. Di Santi precisara de meia hora para explicar que com certeza não era câncer. Sim, certeza — ela ria. — O Arthur não é meu irmão, não. As rugas do médico ainda sustentavam seu sorriso quando ele respondeu, com olhos fixos em Arthur:

— Mas ele é seu primo por parte da família do Augusto, não é?

— Ahn? — Clarissa se inclinou para a frente.

— Tem umas sardas parecidas... a disposição pelo rosto. Seu pai tem, são bem parecidas mesmo...

Clarissa e Arthur se encararam. Sardas? Ela não enxergou nenhuma sarda. Absolutamente nenhuma. Ele comentou que sua mãe tinha mais sardas que Augusto, bem mais.

— Aliás — Arthur disse —, eu nunca notei sarda nenhuma em mim.

O dr. Di Santi riu.

— A gente vai ficando velho...

E concordou: além das sardas, o rosto do garoto não tinha nenhum traço de Augusto. Nenhum. Nem mesmo a estrutura óssea, nem mesmo a altura.

— O senhor não deve se lembrar direito — Arthur cruzou os braços. — Deve ter se esquecido da Lorena...

Falaram de marcas de protetores solares, o dr. Di Santi indicou tal e tal.

Nas reuniões de pais e mestres, Arthur buscou os boletins escolares, recebeu uma cantada de uma professora hippie de química, conversou com os outros pais sobre os próximos jogos de futebol da turma, a gincana. Levou Zazzles ao veterinário, ao pet shop, fez amizade (e muito mais do que isso) com a secretária. Assistiu às apresentações de Clarissa na primeira fila e foi o primeiro a aplaudir.

Ainda saíam de casa, claro, ainda viam os amigos de Arthur. Ele ainda fedia a cigarro, a suor e, se não estivesse de férias, ainda faltaria às aulas. Insistia cada vez mais para que ela faltasse a uma ou outra aula de natação, ajudaria a relaxar no fim do semestre, ela nunca faltara, ninguém perceberia. Clarissa negava. Ele insistia nas perguntas, insistia que ela precisava de tempo livre para si mesma. Devia ignorar professores, pais, ela era autoridade dela mesma, ela queria mesmo ir? O que faria na aula? Clarissa ia.

Achava mais fácil falar dos pais com Arthur, falar da escola, falar das colegas menstruadas e, durante as férias, num chalé numa cidade serrana — Linho —, ouviu Arthur.

Ouviu-o quiçá como ele a ouvia.

Arthur falava pouco da mãe, talvez o suficiente para Clarissa achar que ele gostava dela, ou que a perdoava, ou que a compreendia, ou que se esquecera de tudo o que ela fez. Clarissa nunca notou tom de mágoa, ou de represensão, ao ouvir da mãe ou de Distante. Queria ir embora, sim, mas ele dava a Clarissa a sensação de que quereria ir embora mesmo se tivesse a família dela ou se tivesse a melhor família do mundo.

Desenhos, a lápis, num pedaço de papel. Abstratos, curvilíneos, linhas macias, formas macias. Eram tristes. Tinham uma tristeza acolhedora, como se significassem "O que será será, mesmo que seja merda, e provavelmente será, o que será será. E estamos aí". Arthur não quis sair, não quis conhecer a cidade na semana que ficaram ali. Lembrava Distante, ele disse sem tom de mágoa ou de repreensão. Enclausurou-se, desenhando, na frente da lareira. Quando Clarissa questionou sobre os desenhos, ele riu, perguntou o que achava. Clarissa não se via como entendedora de arte, estudara apenas pintores conhecidos na escola, mas disse que tinha gostado, tinha mesmo, sentia-se como se as imagens também estivessem vivas e pulsando e sentindo, por mais bobo e antiquado que soasse.

— Sabe o que a minha mãe falou quando viu um desenho meu? — Arthur disse. A lareira crepitava e lançava o cheiro de madeira queimada sobre os dois primos no tapete peludo. — Ela disse que não sabia de onde eu tirava as coisas. Ela olhava pra mim e pro que eu tinha feito e se perguntava se tudo aquilo tinha saído da minha cabeça sozinho.

Arthur olhava os desenhos. Afastou uma folha de outra.

— Eu tentei escrever por um tempo, mas minha professora de português fazia uns riscões de caneta vermelha e escrevia do lado: "Confuso".

— Você nunca foi perguntar pra ela?

— Figura de autoridade é assim: eles só passam os olhos, cara. Eu ia perguntar pra ela por que e ela mudava minha nota.

— Pra menos? — Clarissa observava Arthur afastar cada vez mais o par de desenhos.

— Aumentava.

— É por isso que você desenha? Pra se comunicar com os outros?

— Não. Eu desenho porque quando eu falo ninguém presta atenção.

Clarissa olhava para o desenho. Ao contrário de tia Cristina, conseguia enxergar "Arthur" escrito em todo o desenho. Arthur, iluminado pela luz amarela da sala, fungou.

— As pessoas não escutam quem conhecem, mas vão escutar como se fosse a Bíblia as palavras de um homem que nunca conheceram se tiver num livro ou num filme ou entre aspas. Se você quer que as pessoas ouçam você, tem que usar uma máscara. Aliás, não fui eu quem disse isso.

— Quem foi? — Clarissa falou e viu Arthur sorrir.

— Não importa. Um cara importante. Artista de um desses países ricos, acho. Só importa que não fui eu.

Clarissa deixava os assuntos de tia Cristina e Arthur para tia Cristina e Arthur. Nunca se perguntara se se falavam por telefone e, se sim, quando. Esperava que todos os pais se comportassem como os dela, afinal devia ser fácil ser pai ou mãe. Ponha um filho no mundo, continue trabalhando, pague as coisas, certifique-se da geladeira, do aluguel, da luz, busque seus objetivos pessoais, viaje junto, compartilhe o que você aprendeu com os filhos, exercício três vezes por semana, legumes são importantes, frutas também, explique as coisas, se fizer isso dará certo, se fizer aquilo dará errado. Não era isso?

Não era *só* isso?

Tia Cristina fizera isso do seu jeito e ainda fazia, então devia estar tudo bem.

Havia, além do mais, as viagens de dois em dois meses que Arthur fazia, passava o fim de semana inteiro em Distante. Não se falava muito delas no apartamento, não se falava muito de Cristina. Clarissa suspeitava, porém, de que Arthur devia lidar bem com morar longe. Ele era forte, não ligava para aquelas coisas. Acima de tudo, era fácil.

Clarissa esperara tanto de Linho, uma cidade tão bonita, com tantos pontos turísticos, tantas possibilidades de passeios, tantos restaurantes locais, comidas típicas. Lorena e Augusto levaram Arthur e Clarissa para comer fora todos os quatro dias em que estiveram na cidade, não pelo aspecto turístico ou para que pudessem conhecê-la melhor: agiram assim porque ninguém queria cozinhar, ninguém teria tempo para lavar panelas no chalé. De súbito, os pais tiveram ligações, precisaram da internet sem fio.

— Hoje — Lorena sorria — a gente pode almoçar naquele lugarzinho ótimo de ontem à noite...

Lorena pedia a salada três queijos; Augusto, o salmão com molho de maracujá. Arthur e Clarissa dividiam uma fatia de torta Rojel, a melhor sobremesa, e Lorena e Augusto se apoiavam no balcão do caixa, débito, por favor.

Devagar, começaram a prometer que no dia seguinte conheceriam o Jardim Municipal. Amanhã, amanhã, iriam conhecer o museu daquele músico importante da cidade. Estavam de férias, mas precisavam dar uma passada no chalé, conferir uns e-mails.

Clarissa não sentia mais desapontamento com os pais: desde Arthur, sentia-se num treinamento de resistência emocional. Com o apoio dele, apenas com a sua presença, Arthur treinava Clarissa para desenvolver a capacidade de manter uma magnitude elevada de trabalho e, dessa forma, dificultar o máximo possível a chegada da fadiga muscular. *sessenta segundos de corrida, noventa de caminhada; progride para noventa segundos de corrida, cinquenta de caminhada.* Por mais que quisesse ter saído e conhecido a cidade, tinha certeza de ter a força emocional muscular para correr uma maratona, para se distanciar o quanto quisesse, mais longe, mais forte, mais longe, sentir apenas o vento. Dessa forma, Clarissa aprendeu a apenas sorrir com as impossibilidades dos pais. Não eram falhas ou crueldades: eram apenas uma soma de suas características humanas. Mais longe, mais força nas pernas, sentir apenas o vento.

Não visitaram nenhum ponto turístico da cidade.

— Amanhã — Lorena concluía — a gente vai ter tempo de ir em todos...

Clarissa sorriu.

— Amanhã a gente vai embora...

Aos poucos, a natação foi voltando, a sétima série, as aulas de piano. Vieram os passeios da escola, cujas autorizações Arthur assinou como responsável. Vieram apresentações da escola, chá do não sei o quê, feiras do livro, feira de artesanato. Arthur e Clarissa não foram a todos, mas foram a muitos. Arthur, cheiro de cigarro e suor, os outros pais davam uma segunda olhada no rapaz tatuado, os irmãos mais novos apontavam, as irmãs mais velhas vinham fazer amizade, oportunidades que Arthur aproveitava. Ele incentivava que Clarissa faltasse a uma aula de natação ou outra só por faltar, só para darem uma caminhada, como nos velhos tempos. Só os dois. Clarissa recusava: bastava sair com os amigos dele.

Basta que os tios terminem os primeiros pratos de lasanha para que comecem a servir os segundos.

Porque você nunca espera a notícia de que será só tio, mas, quando ouve o médico dizer "Adoção também é uma escolha", uma parte de ti concorda. Concorda, balança a cabeça, diz pra si mesmo que já sabia, sim, senhor.

Quando Janete e eu adotamos um cachorro, ele morreu logo depois. Falam de hamsters, passarinhos, peixes que morrem rápido, mas nosso pastor-alemão morreu seis meses depois de chegar. Entramos em casa, eu tinha ido buscar a Janete no serviço, e o cão tinha morrido. Quando eu saí ele pulou no portão, no carro, estava bem, latia. Voltamos e ele estava deitado, caído, a língua para fora da boca, e à noite a Janete falou que eu devia ir ver o cachorro porque ele estava na mesma posição fazia muito tempo. E continuou assim.

A gente levou o bicho ao veterinário e o doutor usou termos científicos, mencionou possíveis formas de tratamento japonesas que a gente poderia ter usado para adivinhar a doença, para explicar a súbita parada cardíaca. Japonesas ou coreanas, não prestei atenção. Janete e eu nos ocupamos com outra coisa: entendíamos ali, naquele instante, que não nascemos para ter criaturas sob a nossa guarda. Na sala que fedia a formol, com um rapazote todo bagunçado, cheio de olheiras, o jaleco com manchas amareladas que mal escondia uma tatuagem escrita "mãe" no braço, a voz ecoando sobre como tínhamos um cachorro jovem e sobre genética, aceitamos. Há pré-requisitos divinos — não importa quais sejam as forças que regem o universo — para se responsabilizar por outras criaturas, e nós não preenchemos a lista. Na época, já sabíamos da nossa "marca dos filhos" e, portanto, poucas coisas nos emocionavam. Até hoje, choramos pouco. Saímos da clínica sem o cachorro. Seguimos em frente.

A gente via os filhos dos outros com uma ponta de inveja, uma ponta de reza de que não fosse tão bom assim. No fundo, dizíamos para nós mesmos que crianças eram só trabalho e incômodo e, no final de tudo, dariam as costas. Quanto se gasta em fraldas por criança? E as noites acordadas? Essas esperançosas mentiras eram o que dizíamos a nós mesmos, e essas mentiras gentis sustentaram nosso casamento.

A gente queria, mas, se pudesse ter, não sei se veria crianças da mesma forma. Se a gente tivesse o direito de ter filhos, talvez adiasse tanto tempo a decisão, a escolha, por causa do nosso conforto com a ausência de um. Nós já conhecemos a rotina.

Ao mesmo tempo, acho que se dissessem "Vocês querem um filho? Os genes inteligentes de vocês inclusos, mas só vale agora, para sempre, é pegar ou largar" eu não saberia o que dizer. A resposta não é imediata, não é um músculo que se afasta ao sentir dor, não é um instinto de gritar "Sim!". Talvez por isso as forças universais não nos deram filhos. Eu respiraria fundo e só então responderia, pronto para a viagem.

O banheiro, uma janela, um flash, a lâmpada acende, aquece. A porta trancada, Clarissa baixa a tampa do vaso sanitário e se senta sobre ela. Inspira e expira o cheiro de produto de limpeza. Queria o fim das piadas — inspirou e expirou, cheiro de menta? —, queria comer sem responder a perguntas, sem ligar se estava sendo ou prestes a ser fotografada, queria poder pegar um segundo prato de lasanha sem sentir que todos os olhos estavam sobre ela, sem ter de falar se ia olhar muito para a comida ou brincar com ela — inspirando e expirando devagar, cheiro de hortelã? —, queria não pensar a respeito das priminhas — inspirando muito vagarosamente, tentando ignorar o cheiro de lavanda?, expirando —, queria poder se sentar ao lado de Arthur e conversar em silêncio. Clarissa — inspirando muito vagarosamente, concentrando-se no nada, expirando — queria de novo uma definição desse silêncio.

Poucas coisas da cidade se definiam, e a primavera muito menos. As estações do ano de São Patrício se dividiam entre o inverno, o inferno e os quase meios-termos. A primavera podia ser notada porque fazia calor demais para se usar mais que um casaco, mas frio demais para uma camiseta regata. Somavam-se a isso os picos de dias quentes de verão e picos de dias frios como no inverno. Poucas coisas de São Patrício — a cidade mais urbanizada e com o maior PIB do país, quinta maior do mundo — definiam-se, e a primavera muito menos.

Do lado de fora, nos jardins do térreo, as flores estavam

fechadas, embora parcialmente abertas. Só um pouco, só o suficiente. Fazia frio. Fazia frio desimportante na sala desimportante, com a mobília cara, desimportante, o sofá de veludo desimportante, a televisão (full HD, conexão à internet, 3D, cinquenta e duas polegadas) desimportante. A televisão (full HD, conexão à internet, 3D, cinquenta e duas polegadas) transmitia um reality show de investigação policial, cenas barulhentas ou trilha sonora de tensão, desimportantíssimos. A opção 3D da televisão, os óculos abandonados, nunca escolhidos, desimportantes. Até mesmo Zazzles, sentado junto à porta, era (um pouco, quase) desimportante. Mexia o rabo. Desimportantes, desimportavam.

    Importavam Arthur e Clarissa assistindo ao programa, que poderia ser qualquer outro porque desimportava de fato. Assistiam um ao lado do outro. Os olhos meio colados na televisão (full HD, conexão à internet, 3D, cinquenta e duas polegadas), Clarissa escrevia uma redação para o dever de casa. Falavam enquanto Clarissa escrevia, enquanto o investigador falava dos suspeitos do crime.

    Uma moça sorri com dentes brancos, uma nova pasta de dente, Ohai, quinze horas de proteção anticáries, antigengivite, antigravidez, antienvelhecimento. A moça tem entre vinte e trinta anos de idade e balança o cabelo enquanto fala, para dar dinamismo. Na propaganda, pessoas com vergonha de seu sorriso feio e amarelo. Embora a voz dela seja aguda, os tons são animados.

    — Ohai: não esconda mais — junto com uma música pop, um sorriso imenso, branco, bonito e artificial preenche a tela.

    Clarissa nota em Arthur um sorriso pequeno, de meia--boca, amarelo-natural, os dentes retos, mas imperfeitos. Ele ria. Ela se mantém séria ao perguntar o que era tão engraçado. Ah, esconder. Esconder?

    — Nunca te contei? — Arthur disse.

Clarissa desviou o olhar para Zazzles, que se dirigia à mesa de centro. Zazzles se espreguiçou, jogou o quadril para trás, esticou as patas dianteiras, abrindo a boca num bocejo vagaroso.

Pelo silêncio de Clarissa, ou por sua vontade de falar, ou por nada, Arthur falou:

— Quando eu era pequeno, minha mãe gostava de esconder coisas. No Natal, eu passava trabalho pra achar meus presentes, aquelas merdas, e ela nem ligava. Era uma coisa meio "foda-se sua expectativa". Às vezes, ela escondia com os vizinhos e os pausnocu topavam. Eu, queimando de vergonha, tinha que ir perguntar pela vizinhança.

Para o "Credo..." gemido por Clarissa, ele riu seu sorriso pequeno. Continuou. Cristina às vezes enterrava os presentes em caixas no jardim. Arthur, na manhã de Natal, tinha de encher as unhas de terra procurando. Mas e se ele não achasse?

— Não tinha o cacete de "não achar" — Arthur disse. — Podia passar o dia do Natal e o caralho. Se eu não achei, eu não ganhei a merdinha: pronto.

Ele não respondeu ao "Nossa!" de Clarissa. Naqueles dias, o comportamento da mãe já parara, mas foi uma infância engraçada.

— É — ele repetiu. — "Engraçada" é, talvez, a melhor palavra.

Arthur ainda falava, e o responsável pela investigação, o detetive Roth, falava do morto. O detetive Roth analisava a cena do crime com cuidado, as manchas de sangue revelavam muito. A possibilidade de suicídio pesava para a polícia, mas a influência das gangues, das máfias e do tráfico de drogas na região não poderia ser descartada. Arthur ainda falava.

— Até hoje minha mãe gosta de surgir com surpresinhas, assim, do nada — Arthur olhava para um sério detetive Roth na tela. — "Gratuitamente" é, talvez, a melhor palavra.

Arthur ainda falava. O detetive Roth apontava para as manchas de sangue enquanto falava que tudo poderia ser uma grande armação causada e justificada por outros fatores, que a polícia local insistia em esquecer. Arthur ainda relatava sobre a mãe.

Cristina sempre gostara de trazer as comidas favoritas de Arthur. Não trazer, mas "surgir" com elas após o trabalho. Encomendava presentinhos, pequenos brinquedos importados, ia a sebos e achava livros diferentes. As ocasiões rareavam e se moldavam à realidade financeira da mãe solteira: um presentinho, um detalhezinho. Cristina também fazia as surpresas com outras pessoas, amigas de longa data, familiares, tudo muito sazonal, tudo muito controlando-pra-ter-dinheiro-pro-jantar.

Mas fazia. Arthur chegou a concluir que a mãe queria compensar certas ausências à humanidade. Notou, porém, que a mãe invertia. Colocava vinagre na comida, por vezes, para ver Arthur dizer que não gostava. Ele afirmava insistentemente detestar, não querer, e mesmo assim Cristina colocaria vinagre, pimenta-do-reino na comida. Exageraria, aliás.

— Ela comentava — Arthur disse — que não custava experimentar. Nunca, nunca custava, puta que pariu. Entendi que ela ficava feliz pela porra do "sustinho".

Ficava feliz pelo "sustinho" da surpresa, o "Oh!" tanto positivo quanto negativo. Só o ato de planejar já a alegrava: conseguia juntar quatro membros da família sem que eles soubessem. Não que isso fosse difícil em Distante. Ligar para um e convidar, ligar para outro e convidar. Só saberiam que era uma reunião de família ao se verem todos juntos. Isso em dias de semana, microfestas sem motivo...

— Acho que — Arthur disse — ela gosta desses caralhos de saber que o dia vai ser diferente, que algo vai ser diferente, nesse jeito dela de controlar a merda da realidade que a gente tava. Ou tá, não sei mais também. Mas só ela sabe disso, porque ela é especial pra caralho, porque ela é o oráculo onisciente.

Era um conjunto de hábitos que irritava. Arthur poderia ter planos, poderia precisar sair, querer ficar sozinho ou ficar longe de determinada pessoa. Cristina às vezes não sabia de tudo...

— ... porra, não tem como ela saber de tudo. Controlar informação dá merda pra todo mundo — Arthur dizia. — Então ela marcava um encontro de família com gente que tinha acabado de brigar...

Mas não podia ser apenas uma tentativa sincera de fazer variar o cardápio? Não podia ser uma tentativa carinhosa de uma mulher que gosta dos amigos e da família?

— Porra, claro que pode — Arthur disse. — Que nem eu falei, cheguei a pensar nisso por um tempo do cacete, mas não sei. Hoje isso me parece simples demais pra ela.

Ele nunca discutira isso de fato com ninguém, não tinha uma conclusão. Talvez não quisesse ter. De onde estava, ele notava que a mãe gostava do pseudossuperpoder, o poder de esconder e transformar. Mesmo que não soubesse disso, mesmo que achasse que estava sendo amigável. A mãe gostava de transformar um dia comum numa data especial. Mas só Cristina poderia fazer isso. Só Cristina sabia.

"Sabe quem está no banheiro?" A frase entra pela única janela do cômodo, Clarissa expirando. Levanta-se, prestes a destrancar a porta, a sair de lá, a voltar, a comer seu segundo prato de lasanha, por tédio e (ou) por saber que não deve brincar com a comida.

A louça com rachaduras expandidas, tudo se quebrava, mas não se separava de fato. Poder-se-iam separar as partes geladas da porcelana, a conexão não existia mais, mas elas permaneciam unidas. Contudo, unidas e quebradas em igual proporção.

Os tios, as tias, Lorena, Augusto e Clarissa comem o segundo prato enquanto tia Pilar tem de responder ao interrogatório sobre a receita da lasanha.

Tinham de responder às perguntas de história enquanto a professora, sentada, lia um livro para sua pós-graduação. Uma colega estava virada para outras duas, contava do primeiro beijo, beijo *de língua*. Tinha sido com um dos garotos mais velhos, um do *segundo ano*. As duas sentadas atrás e a outra ao lado perguntavam da língua, do que fazer, da saliva, mas e as mãos, mas e os olhos, uma das garotas corava, outra mantinha as mãos na frente da boca, meu deus do céu, Clarissa fez shh. As garotas riram, dois garotos cochicharam e riram. Clarissa fez shh de novo, a professora levantou a cabeça e fez shh.

Ruídos de lápis e papel, caneta e papel, caneta purpurinada e papel, lapiseira 07 na folha de fichário, calças de moletom contra cadeiras confortáveis com encosto de espuma, saias de grife contra as carteiras duras, calças jeans, raras calças azul-marinho do uniforme, ruídos, ruídos passavam pelas janelas fechadas, o ruído do ar-condicionado ligado, os lápis correndo e, aos cochichos lentos, um sussurro sobre as recuperações da semana seguinte, uma dúvida em voz baixa sobre viagens de Natal, praia, presentes, as garotas voltaram a falar dos beijos de língua, mas o que se faz mesmo com as mãos. Clarissa se concentrava na interpretação de texto até:

— ... fede — uma das garotas mexia no cabelo —, não deve ter dado nem selinho...

Clarissa ouviu as colegas como quem ouve seu sitcom favorito, como quem ouve brincadeiras feitas com amigos durante seu próprio aniversário. Depois do incidente com Vade, depois de conhecer os amigos de Arthur e ouvir e participar e ser ouvida e rir junto e jogar e atirar e gritar, não havia nada que as colegas pudessem contar. Um beijo de língua era o que Clarissa esperaria ouvir. *Been there, seen worse.*

Clarissa se acostumara ao cheiro de fumante passiva. Acostumou-se com o cheiro de cigarro em um ano de conversas com Arthur. No início, Lorena perguntou dos cigarros, mas Augusto a convenceu de que eram só cigarros e pertenciam apenas a Arthur. O cheiro, contudo, pertencia a Arthur e Clarissa.

As quatro colegas falavam, outros dois colegas falavam, os trinta alunos da turma escreviam nos cadernos e no livro, embora falassem sobre outros assuntos, mexiam em seus ó--tão-tecnológicos-celulares, Clarissa fez shh, barulho, ruído de bip, bip, rabiscavam, abriam pacotes de lanche, recém-haviam voltado do intervalo, bolachinhas:

— Shh.

Os garotos riram, as meninas que falavam de beijo de língua riram.

Tia Pilar e tia Marcela riem enquanto falam que o ingrediente secreto é muito amor e fé em deus. Alguns tios e tias ainda comem. Conversam, pedem pra pegar o uísque, o queijo ralado também, faz favor.

Esse vento gelado e úmido na cara vai borrar meu corretivo, as olheiras vão transparecer. Pelo menos o Alê não vai ver mais a maquiagem hoje.

Não vou pensar nele. É sem compromisso, eu sei que é, eu sei que é, eu sei que é.

Ele não quer a responsabilidade. Eu sei que não.

Nos fones de ouvido, punk rock irlandês, dá vontade de correr, mas são nove da manhã de sábado, eu só tenho que chegar em casa agora. Anda

        anda anda anda anda rápido

Tenho uma ideia às três da manhã, que porra é essa que eu anotei "abrir a porta pro corredor, perspectiva de fita"?

Uma pena que o Alê tenha plantão tão cedo e eu não possa ficar lá.

     perspectiva de fita, perspectiva de fita

Os prédios enchem a minha rua. Umas dez pessoas se reúnem na frente do número 1040, que é do lado do meu edifício, o 1042. Acho que mais de dez pessoas. Algumas vestem preto, algumas usam óculos escuros, um homem de azul-marinho faz uma ligação, uma adolescente gorda de calças largas e velhas demais olha para o alto do 1040, um garoto mais novo mexe num iPhone — sempre iPhone, por que sempre iPhone? —, uma menininha corre atrás de outra, ambas usam saia de cetim e cabelo preso em rabos de cavalo bem escovados. Deve ser um funeral, ou a preparação para um, pra ir pra um. Sei lá. Tem jeito de ser.

Não vou pensar nele. Nem hoje nem nunca mais.

Eu não vou ficar mais com ele. Não vou ser a idiotinha que fica com ele quando ele quer. Imbecil invasivo sociopata olha o funeral

Flogging Molly, caminho, vento frio que vai borrar meu corretivo.

         anda anda anda anda

Then the rosary beads count them one,
two,
three
fell apart as they hit the floor.

Passo pelas pessoas na frente do prédio, um homem mais velho, cabelo branco e tudo, abraça uma mulher de uns trinta anos e com o cabelo repicado mais feio que eu já vi na vida. A raiz salta aos olhos, é muito visível, uns brancos nas laterais.

A maquiagem deve ser Lancôme, fica natural nela, a pele tem aquele ar rejuvenescido, com certeza é da make. A mulher esconde o rosto bem-maquiado no abraço do homem velho. É, deve ser um funeral.

     anda anda anda vento frio na cara, vento frio na cara;

A Lancôme — a Dior também, acho — tem esse produto com colágeno que deixa a pele firme, macia e esconde as rugas. A máscara da Lancôme deve ser a melhor, é a que melhor dá volume e define os cílios.

Deixar ele pra lá. Nunca mais. E eu nem tô dizendo isso só pra dizer pra mim mesma.

Eu abri mão de comer açúcar e farinha de trigo, né? Zero. Consigo abrir mão dele.

"abrir a porta pro corredor, perspectiva de fita"? Eu viajo muito. Vou perguntar pro Alexei se ele lembra.
walk away, me boys, walk away, me boys, and by morning we'll be free.

wipe that golden tear from your mother, dear, and raise what's left of the flag for me.

Tio Felipe já terminou de comer e mexe na câmera. Os bipes moldam seus comentários enquanto ele olha, no visor, foto atrás de foto. Esta ficou boa, hein? Esta aqui nem tanto... Ele deleta algumas. Tio Felipe se levanta, aponta a câmera para a mesa. Grita, pede a atenção de todos, em busca do melhor ângulo da foto do almoço. Rápido, rápido, antes que os pratos se esvaziem! Alfaces e carnes se prendem aos dentes, mãos arrastam talheres. Mais uma foto, mais uma foto. Então, duas.

— Duas — Arthur entregou uma nota ao cobrador. — Aliás — Arthur olha para a amiga (amiga?) que mexia na bolsa naquele exato instante —, três. Pode ser três.

Sentam-se nos bancos duros, lado a lado, Arthur e a amiga (amiga?). Clarissa se ajeitou também ao lado, mas na outra fileira. Clarissa não tinha muita intimidade com o primo, não o conhecia bem, não conhecia aquela menina direito. Ela e o tal primo haviam saído juntos algumas poucas vezes.

Aliás, era a primeira vez que Clarissa andava de ônibus na vida. Sentia vontade de rir, de comprar uma almofada, *d'arc en ciel* de ir embora, de lavar as mãos, de chorar, de arco-íris, de rir mais, de sol-e-chuva-casamento-de-viúva, de abraçar--mas-apunhalar-mas-abraçar o primo desconhecido. — Por que haviam resolvido sair, hein? Por que visitar os amigos importava? Por que aquela menina importava? Pra onde ela estava indo? — mas de gritar com o primo desconhecido —

ou nem tão desconhecido assim, ele era uma pessoa boa, não era? Era sim. Era um pouco, pelo menos. Mais vontade de rir.

Estudantes passam pelas catracas, conversam, universitários carregam mochilas, livros, direito internacional público, senhoras de idade passam pelas catracas, carregam bolsas, carregam cheiro de sabonete vencido, carregam sacolas de grandes magazines, edredons dobrados dentro de grandes sacolas, mendigos — ou assim Clarissa concluía — passam pelas catracas, uns pagando, crianças passam por cima da catraca, carregam seus cheiros de rua, de sujeira, de bueiro, carregam uma carteira, alguns carregam mochilas, alguns mal carregam a pele sobre os ossos.

Arthur e a amiga conversam. É bonita, a amiga. Gordinha, para os padrões de Clarissa. Talvez com sobrepeso. O IMC com certeza não era saudável, Clarissa sabia.

IMC: entre 25 e 29,9: acima do peso (sobrepeso).

IMC: divide-se o peso (quilo) pela altura (metro) ao quadrado.

Clarissa bem sabia.

É. Algo entre sobrepeso e obesidade nível 1. A amiga (?) tinha o cabelo pintado de vermelho, mas já desbotava. A pele era alva e lisa. Era uma menina macia, quando falava, quando gesticulava. Olhava muito para o chão e para Clarissa, nunca para Arthur. Sorria esticando a boca para os lados. Arthur falava com o braço em torno do ombro dela, passando os dedos pelo cabelo dela.

Todas as janelas estavam fechadas, porém se sentia uma brisa entrar por um rejunte interno, atravessar as paredes. Não fazia frio. O frio era a diferença entre o morno do ônibus e a brisa que atravessava as paredes. Quebrava.

O ônibus vibrava rumo a casa, ou à rua da casa.

A espontaneidade daquela conversa dos dois, sem Clarissa, fluía. Cada um falava, suas vozes, intenções. Sílabas, palavras, léxicos, gestos, monossílabos, oxítonas, paroxítonas, palavrões, olhares que concordavam, proparoxítonas, as continuações da conversa cabiam com delicadeza nos braços que Arthur usava para aninhar a garota. Cabiam ali e em nenhum outro lugar. A Clarissa restavam pequenas frases, vestígios de som que saíam dos dois e que chegavam à outra fileira do ônibus. Clarissa assistia.

O vento quebrava o morno dentro do ônibus, que vibrava, em movimento, rumo a casa, ou à rua da casa. Clarissa pensava em chegar em casa, em Zazzles, no jantar, olhava o casal conversar, os dois, Arthur e a amiga (?).

Quando eles se beijaram.

Não era a primeira vez que Clarissa via Arthur beijar uma garota (ou garoto). Ah, não era. Na segunda vez que saíram, Clarissa vira. Mesmo o primo sendo um desconhecido, tinha hábitos: esquisitos, mas tinha. Julgava-o, que nojo, que estúpido, por quê? A única reação foi tentar sair menos com Arthur. Uma reação desencadeada pelo raciocínio de que Arthur desistiria, o que ele não fez, e ele insistia.

Clarissa não gostava, mas ela sempre gostava. Era verdade que não ia sempre, não queria ir, pedia que Arthur a deixasse em paz, em especial depois do que via. Não queria ir, mas quando estava lá amava estar. Estar na rua, estar no ônibus pela primeira vez.

Não gostava, mas era tão novo, tanta descoberta, que Clarissa era obrigada a gostar.

O casal ao lado se beijando, Clarissa pensava em casa. Em que parada de ônibus a menina desceria?

— Desce uma cadeira pra trás... — ordena o tio enquanto tenta enquadrar todos na foto. — Isso, agora sim...

Os pratos semivazios, sobrou, a prataria boa da casa, alguns pratos mais cheios, os sorrisos cansados, as maquiagens já se desfazendo, um bocejo registrado para sempre. Mais uma foto, mais um registro da ocasião.

Hiro morava numa zona distante com uma tia italiana distante. Talvez fosse só uma tia que morava na Itália e era distante, algo assim. Frederike era esforçada para entender o italiano, era esforçada para não fugir para o inglês, afinal ficaria apenas um mês em Milão. Precisava deixar a Alemanha e os outros idiomas para trás e precisava esquecer e Hiro tentava. Tinha dificuldade com os eles e os erres, mas se esforçava. Quando errava, ele xingava num idioma oriental que Frederike não entendia. Ela, aliás, não entendera na primeira aula se ele vinha do Japão ou da China ou da Coreia ou do Irã ou de qualquer ditadura. Mas ele sorria e tentava, ouvia a professora e repetia as palavras até no intervalo.

Frederike não conheceu a tia italiana distante de Hiro, ficaram sentados na frente da casa, uma espécie de varanda. Conversavam em italiano.

Ti
piace

l'Italia?

Si, mi piace

moltissimo.

Beberam Pepsi, cada qual com um dicionário ao lado, falaram da professora, *professoressa, troppo buona,* **troppo smart, oh, scusa,** pausa, riram, riram, **come si dice smart?** Sorriram, *intelligente,*

Ah, sì, davvero

Riam, sentados na frente da casa, as casas da vizinhança tinham ares antigos, detalhes barrocos, eram grandes, as ruas limpas com grandes jardins que cheiravam bem. O ar morno e parado na região longe do agito, se é que existe uma região parada e longe do agito em Milão.
Perché vuoi
studiare
la lingua italiana?
Haviam falado disso na aula. Frederike diria que queria estudar italiano porque soava melhor. Dizer "O lugar onde você mora é tão chique que tem até estrelas de noite" soava melhor em italiano que em alemão. Aliás, ela também gostava das lasanhas, queria aprender a cozinhá-las no idioma original, a receita devia ser melhor. Mas Frederike não sabia falar. Sorriu, inspirou o cheiro das flores, o calor morno e parado.
Mi piace
la cultura
italiana.

— Conta essa pra Lorena... — um tio diz.
— Da viagem? — outro tio diz.
— É, meu velho, tenho certeza de que ela não sabe! — o um tio diz.
— Mas foi no ano passado! Claro que sabe! — o outro tio diz.
— Ela não ouviu, mal veio aqui... — o um tio diz.
— Engraçado como a gente se esquece... Achei que tinha contado — o outro tio diz.
— Engraçado como a gente não conta tudo, meu velho — o um tio diz.
— Eu contei pra todo mundo, a Lorena só não tava aqui pra ouvir, acho — o outro tio diz. — Ou não prestou atenção.
— De qualquer forma, conta de novo, é bom ouvir essas histórias — o um tio diz.
— E sempre tem um detalhe que escapa, não é verdade? — o outro tio diz.
— Sim, meu velho, a gente nunca conta tudo... — o um tio diz.
— Imagina se eu contasse! — o outro tio diz.
— Que perigo!
Riem.
O outro tio diz:
— Cê ia morrer de tédio.

— Não vai porque — Arthur disse — você vai acabar entediada.

— Até parece — Clarissa perscrutou a loja de conveniência. Papel higiênico, comida instantânea, bebidas, iogurtes, cheiro de comida plástica, luzes e brilhos que ardiam nos olhos.

— Não vou me responsabilizar, Cla — Arthur levava uma cestinha.

— Eu já sou grandinha. Saberia o que fazer.

— Você sabe que não pode ir nas festas de noite.

— Mas por quê?

— Porque você não tem idade.

Arthur atravessou uma fileira de produtos de limpeza, chegou a outra. Clarissa o seguiu:

— A Momi não tem idade.

— Não vou te levar.

— Olha isso! — Clarissa deu um tapinha em Arthur. — Você, todo responsável...

— Não exagera...

Arthur estava diante de uma estante de bebidas alcoólicas. Vodca barata, cachaça barata.

— Cedendo aos meus pais... — Clarissa disse.

— Seus pais que se fodam. Você não vai porque eu não quero que vá.

— Arthur, não tem nada que eu não tenha visto de você.

— Ah, é?

— É. Você me protege também.

— Você confia tanto assim?

— O suficiente.

— Mas eu não. Não quero me arriscar.

— Cagão.

— Primeiro você quer sair de noite, depois fala palavrão... Quem é você? — ele riu.

— Primeiro você não quer me deixar ir com você, depois não me diz por quê... Quem é você? — ela riu.

— Uma contradição, Cla, uma contradição.

Arthur pegava uma garrafa da cachaça mais cara enquanto Clarissa observava a entrada da loja. Uma mulher com uma bolsa enorme já entrara, um homem de óculos escuros pegou um pacote de biscoitos, Vade e um garoto mais jovem entram. Vade?

Ela se meteu atrás de uma prateleira antes que Arthur olhasse. Clarissa quis se aproximar de Arthur, mas sentiu por ele o mesmo que sentia por Vade. Sentiu por ele o que sentiu no dia em que tentou lhe mostrar seu cartaz. E era isso o que Clarissa sentia por Vade. Uma sensação de vazio, de não saber se podia confiar, de não saber nada, de não querer saber, de saber o vazio.

Os cinco estágios do luto, ou da dor da morte, ou da perspectiva da morte, o modelo de Hussler-Küss. Negação e isolamento ("Isso não pode ser real"), cólera ("Por que isso aconteceu comigo? Não é justo"), negociação ("Se minha esposa viver, nunca mais brigarei com ela"), depressão ("Vou morrer mesmo. Por que me preocupar com qualquer coisa?"), aceitação.

— Seu irmão — Arthur olhou para o garoto ao longe escolhendo salgadinhos —, é?

Vade, que estivera olhando para longe durante todo o diálogo com Arthur, concordou com a cabeça.

— Meio-irmão, na verdade. Por parte de mãe.

Quiçá porque Arthur sorriu, Vade respondeu ao sorriso. Vade perguntou por Cla. Arthur comentou das diferenças de aparência, mas como o garoto tinha trejeitos de agitação como Vade. Vade sorriu.

— É engraçado isso de meio-irmão... uma coisa meio *mezzo affetto*, sabe?

A música ao fundo da loja de conveniência animava, algo pop e eletrônico, lotado de Auto-Tune. Arthur olhava o estabelecimento em busca de Clarissa, ela sabia.

— Nunca vai ser um irmão completo — Vade monologava para o pacote de salgadinhos que carregava. — A gente nunca vai conviver por inteiro.

— Sei — Arthur olhava para as estantes da loja, Clarissa os observava. — Por inteiro — Clarissa sabia que Arthur não prestava atenção.

— Acho que, mesmo que a gente morasse junto, a gente ainda seria meio. Cinquenta por cento só.

— Cinquenta por cento, sei... — Arthur parou os olhos junto da estante onde Clarissa estava. Murmurou um "tsc". Ela se sentiu obrigada a acenar.

Vade perguntou por Cla de novo: não a vira. Até ir embora, ele não a veria.

— Mas você vê só! — o um tio diz enquanto o outro termina a história. — Como esse tipo de coisa é comum, não é verdade?

Lorena sorri. Concorda. Augusto lança perguntas a Arthur do outro lado da mesa.

E Clarissa na mesa infantil. As primas mais novas discutem um programa de televisão, um desenho, de que Clarissa nunca ouvira falar. Quanto mais conversam, mais Clarissa se orgulha de nunca ter se envolvido com o programa.

— Algum dia — ela me olhava, eu sabia que ia chorar —, um dia, você vai sentir saudade de hoje.

— Mas e o seu aniversário, Lorena? — Da mesa infantil, Clarissa ouve. — Não fez festa?

— Ou não nos convidou? — Clarissa ouve.

— Não, não deu tempo — Lorena sorri. — No do Augusto ainda deu pra dar uma engambelada, um bolo no escritório.

— Aham.

— Uns happy hours, mas o meu foi durante um período de agito só... um agito...

— Mas ganhou presente, né?

Lorena ri: sim, Augusto sempre pensa nos melhores presentes.

— Foi bom mesmo sem festa, sem muitas lembranças, uma pena que nós precisamos fazer umas contratações. Tomaram muito tempo de setembro até outubro, que...

Era outubro, doze.

As frases saíam em simultâneo de todos eles. Saíam de uns, ricocheteavam, voltavam, chegavam distorcidas a outros. Eram engraçadas, eram irônicas: eram tudo o que a comunicação permitiria ser. Os seis adolescentes deixavam que Arthur bebesse seu uísque enquanto entornavam vodca barata. O uísque quinze anos viera junto do "Parabéns pra você". Arthur o ofereceu a todos, erguendo o copo.

— não

— não

— é teu

— pô
— teu aniversário
— valeu
— teu presente
— porra
— deixa a gente com a nossa aqui
— e nem vem tomar essa merda aqui
— é da gente
— caralho

Arthur riu. O cheiro de lugar fechado se apossava do bar. Esticou o braço com o copo para Clarissa.

— É nossa.

Clarissa balançou a cabeça.

— Não.

Não. Ike sentado ao seu lado, Arthur se virava para os amigos: eles já haviam jogado sueca? Tinham um baralho em casa? Rorô correu pra buscar um baralho na cozinha do bar. Desviou da mesa de pebolim, da mesa de sinuca.

Uma tarde bêbada se sobrepunha a uma tarde sóbria. Não que fizesse diferença: gente sóbria, gente bêbada, gente chata, normal.

Rorô voltou com o baralho desbotado nas mãos. Arthur começou a explicar as regras enquanto misturava as cartas. Ike, mão na coxa de Arthur, assistia à explicação. Clarissa, contudo, observou Arthur virar uma carta para cima.

— Se tirar um ás, por exemplo...

Todos ali morreriam. Suicidas, doentes, atropelados, no sono, de cirrose, de cansaço, de rir, de tempo passado, de data de validade. Vade morreria, Momi morreria, Ike morreria, Rorô morreria. Arthur morreria. Clarissa cruzou os braços.

— Mas — Arthur tirava uma dama da pilha — se for um Q, só as mulheres, as rainhas, bebem.

Sem exceção: um dia, não estariam nem ali nem em lugar nenhum.

it's like breaking a leg or breathing out. you could say they've lived the life they wanted. 5: O jogador escolhe "carros com a letra A", tipo "Audi". O outro diz "Astra". O outro "Alfa Romeo", e assim por diante.

Quem errar bebe, *I could say it was meaningless. I could say it destroyed the world too fast.*

7: A pessoa à direita de você bebe.
and I know for a fact they won't be remembered.
I know that for a fact,
K: rei: todos os homens bebem.

— E essas são as regras — Arthur disse. Passou a mão em torno da cintura de Ike, que beijava sua testa. Sorriam, os dois.
— Tão a fim?

Beijaram-se os dois, aham, ah, de boa, na boca, aham, de língua e tal, Clarissa conversava com o pessoal, Momi, Rorô, mas, ah, de boa *since they struggle to be remembered right now. Once you're gone, you'll be gone.* Olha onde essa mão tá indo hein, riu o Ike.

Ao fundo, tocava, claro, Light Green.

— Light Green? — a empregada franze a testa para a camiseta de Arthur. — O que quer dizer?

Pagou seu pedido, onze ienes. Enquanto esperava pelo Big Mac e pelos colegas de intercâmbio, Michele ouvia Frida, que explicava a relação entre o sódio e a barriga. Michele sorria e ouvia.

Era impossível para Michele se concentrar ao escutar alguém por longos períodos de tempo. Será que Frida notara o cheiro de cachorro-quente daqui? Será que Frida também sentia o frio deste aeroporto? Será que o pessoal iria demorar? Droga, será que Michele estava demonstrando uma expressão de interesse suficiente? Concentração, concentração.

Frida falava da proteína, do molho shoyu, dos bifes.

Michele se julgou esquisita por divagar durante a fala alheia. Não estranha no sentido de errada, mas no sentido de esquisitinha. A maioria das pessoas não prestava atenção numa aula cansativa, num assunto desinteressante, mas conseguia prestar atenção numa conversa. Michele respondia, fazia afirmações vagas como "É, isso é bem importante", o diálogo prosseguia na boca alheia, mas outra coisa ocupava a cabeça de Michele.

Esquisitinha.

A mais esquisitinha do mundo.

Perguntou-se se havia alguém no mundo que, quem sabe, estaria pensando a mesma coisa naquele instante. Uma pessoa com as mesmas pequenas inseguranças, a calça jeans que começava a apertar desde o começo do intercâmbio, o garoto que falava de forma doce com ela mas podia ser só educação.

Devia haver alguém esquisitinho como ela. Imaginou a pessoa. Imaginou uma pessoa que também estava vestindo uma saia por se sentir gorda, pra esconder o quadril. Havia gente demais no mundo para que Michele fosse tão esquisitinha assim. Havia gente demais no mundo para que Michele estivesse só.

Alguém devia ser assim.

Michele quis abrir a boca para dizer algo, para gritar que havia sim, que ela podia ouvir a pessoa esquisitinha mundo afora, era absoluto, e Michele sabia. Michele estava ali.

Enquanto equilibra os talheres sobre o prato vazio (a porcelana boa, a porcelana cara), Clarissa perde a conversa da mesa dos adultos. Perde a resposta de Arthur no burburinho. Ouve apenas as conversas, as perguntas sobre a foto, deleta essa, tira outra, tira outra! Não, vai ser esta aqui... Clarissa em busca de Arthur, da segurança e do humor que a voz dele traz, tenta achar as piadas de duplo sentido dele e dos primos. Ouve apenas as tias.

— Queria ser vegetariana só pra emagrecer — brinca tia Helena com tia Ângela. Espera o sorriso de Ângela e continua a brincadeira: — Não come ovo, leite, carne... a pessoa seca na hora.

Rindo, tia Ângela diz que o problema do vegetarianismo é a falta de opções, ainda mais no Brasil, onde todos os pratos *precisam* ter carne. Por isso não é vegetariana. Ângela e Helena misturam o conceito de veganismo com vegetarianismo, com ovolactovegetarianismo, afirmam que o vegetariano não come ovo, derivados de leite, alguns comiam peixe também. Era tão, tão difícil, pra que complicar tudo? E num jantar grande em família como aquele? E a proteína? O rosto de tia Helena assume uma expressão calma, quiçá vazia.

— Ah, o problema do vegetarianismo é que ele não existe — ela diz.

Tia Ângela a encara.

— De verdade?

— Ah — tia Helena olha para a toalha de mesa de seda vermelha. — Você sempre vai matar alguma coisa.

Clarissa acompanha a conversa com silenciosa atenção enquanto tia Helena explica:

— Vai comer alface e acaba com um monte de bichinho que tava ali. Coelho em plantação de cenoura é peste...

Ainda sentada, ainda dentro dos diálogos, tia Pilar recolhe com sutileza os pratos numa pilha. Só os de quem já terminou, viu? Não se preocupem. Ainda sentada, ainda dentro dos diálogos, oferece café enquanto junta num mesmo pires restos de comida e farelos.

Num mesmo pires, farelos e restos de torradinhas secas e de doce de leite se espalhavam. Algumas migalhas expandiam as barreiras do pires e se espalhavam pela mesa de centro minimalista de cristal. Ao lado do pires, o pote de doce de leite, o pacote de torradinhas. Um copo de refrigerante púrpura brilhava.

Acompanhada do som de risos do sitcom, Clarissa comeu mais uma torradinha com doce de leite. A televisão (full HD, conexão à internet, 3D, cinquenta e duas polegadas) exibia um sitcom sobre um grupo de amigos que morava numa capital global, cada qual em seu flat, mas conseguia pagar aluguéis, roupas da moda e pequenos luxos, embora fossem todos artistas pobres. A emissora só exibia o show depois da uma da manhã por conter insinuação sexual, palavrões e nudez.

À maior parte dos episódios, Clarissa e Arthur assistiam juntos, mas naquela noite apenas Zazzles acompanhava a dona. Deitado, ronronando, o gato vira-lata branco (com laranja nas costas) aquecia as canelas da garota.

Risadas automáticas acompanharam o sitcom mais uma vez. Clarissa comeu mais uma torradinha com doce de leite. Não que estivesse esperando Arthur voltar da casa de Rorô, sabia que demoraria. Arthur continuava de férias, insistira para que ela fosse. Clarissa recusou. Mesmo que suas férias houvessem recém-começado, ela se cansara de estudar para as provas finais, tinha dormido pouco, reviu tanto conteúdo e acabou com dores musculares, tensão nos ombros. Acima de tudo, usou a desculpa de que queria pensar na viagem para Linho, nos pontos turísticos, separar os suéteres bons.

Acima de tudo, ela apreciava mergulhar na ideia de como três dias com os pais lhe faziam bem. Quanto mais via a viagem se aproximar, se concretizar, as reservas do chalé, os pais e as datas e não, e esta não, e aquela não, mas quem sabe não ligamos para, mas se fizermos isso, mas e as férias do Arthur e da Clarissa, não queria propiciar nenhum empecilho a sua parte da viagem. Assim que os pais estivessem prontos, a menina poderia mostrar que estivera pronta muito antes. Assim que os pais estivessem prontos, Clarissa e os pais (e, vá lá, Arthur) partiriam. Não se atrasariam, ela planejava.

Arthur insistiu para saírem. E quando ele insistia era por não querer deixar Clarissa sozinha muito tempo. Ela sabia.

O sitcom tinha uma boa história, uma boa estrutura, personagens com os quais Clarissa conseguia se identificar, não sabia explicar como, a cultura. Sim, era uma hora da manhã, mas ela assistia ao programa. Queria contar a Arthur mais tarde. Mastigou. Gosto de doce de leite, textura de torrada.

Rotineiro como as orquídeas em vasos brancos ao lado da porta, Augusto e Lorena ainda estavam no trabalho. Desde que Arthur começara a buscá-la na escola, na natação, nas aulas, os pais demoravam cada vez mais para chegar. Clarissa se convencia de que, apesar da briga ao darem a carteira de motorista, aproveitavam a ideia. Talvez só não tivessem convivido com ele dirigindo por tempo suficiente para acharem alguma falha.

Gosto de doce de leite, textura de torrada, mastigava. Talvez Arthur fosse roubar o carro, sair à noite pela cidade, cometer crimes, dirigir enlouquecido, arrumar uma multa grave e perder a carteira de motorista. Ainda não, mas quem sabe. Por enquanto, só buscar Clarissa, para ganhar confiança, para aprender a dirigir bem.

Enquanto ela bebia um gole do refrigerante púrpura, gosto de bolinhas, ouviu a porta abrir e fechar, ouviu Lorena entrar. Zazzles permaneceu deitado, quente. Clarissa ouviu Lorena passar pela sala. Onde estava o papai?

— Seu papai quis ficar um pouco mais na academia — Lorena respondeu ao voltar do quarto. Relembrou à filha que hoje era o dia da academia. Segunda-feira, quarta-feira e quinta-feira, os dois malhavam, a mãe tinha pilates, ela se lembrava? E, às terças e sextas, ioga.

Por mais que tivesse se esquecido, Clarissa disse que sim. Lorena e Augusto malhavam depois ou antes de ir para a agência desde sempre, exercícios são essenciais. Era por isso que a filha fazia natação. Clarissa, porém, sempre se surpreendia ao lembrar que os pais malhavam. Sempre reagia com um "Ah, é verdade…" mental.

O som de risos do sitcom se distanciou com a voz de Lorena. Avisou que iria para o escritório, queria revisar o balanço do primeiro semestre, não confiava muito nas mulheres da contabilidade.

Clarissa teria dito:

— Tá.

E Lorena teria ido.

Clarissa disse:

— Mas que horas você vai dormir?

Talvez fosse a hora, talvez o sono, talvez uma resposta lógica, talvez fosse a ausência de Arthur e sua nova carteira de motorista, quiçá fosse a constante descoberta dos pais na academia. Talvez Clarissa, de fato, naquele único instante, se importasse. Talvez sem motivo. Quem sabia? Clarissa não sabia.

Lorena riu, segurando uma tigela de sopa com gergelim.

— Vou dormir na hora de sempre, Nenê, umas três ou quatro. Por quê?

O "Por quê?" de Lorena foi tão falar-por-falar quanto o "Mas que horas você vai dormir?" de Clarissa. A filha observou a mãe carregar a tigela de sopa após perguntar. Lorena não queria uma resposta.

Ruídos da televisão (full HD, conexão à internet, 3D, cinquenta e duas polegadas) no intervalo, uma nova pasta de dentes, Ohai, quinze horas de proteção anticáries, antigengivite, antigravidez, antienvelhecimento.

Clarissa sabia que a mãe dormia pouco e trabalhava muito, sabia que passava horas se esforçando, em função da agência, pela família, por si mesma, por Augusto. Saber que a mãe dormia três horas por noite, porém, concretizava. Sabia que a mãe gostava de trabalhar durante as madrugadas, que ela elogiava a calma da noite, comentava que tinha princípio de insônia, brincava que não gostava de dormir, não gostava de comer, preferia ser ativa e fazer algo de fato.

Saber que a mãe dormia três horas por noite, porém, concretizava.

A música-tema se aproximou e chamou a menina para o bloco final do sitcom.

Os créditos (Michael Rochester, Nancy Houston) passavam, e Lorena atravessou a sala de novo, carregava a tigela de sopa vazia. Enquanto desligava a televisão (full HD, conexão à internet, 3D, cinquenta e duas polegadas), Clarissa saiu do sofá, Zazzles e resmungos felinos em volta das canelas.

Lorena, na direção do corredor, parou para olhar a filha.

As duas pararam em frente ao corredor, olharam-se. A filha observou a mãe. Achou-a magra, bonita, invejou os cabelos loiro-ruivos que não herdara. A mãe estava especialmente bonita, ainda vestia as roupas caras de ginástica, tecido sintético, uma jaqueta, um conjunto marrom com detalhes verde-limão. Clarissa parada em frente ao corredor junto da mãe, a linda mãe de Clarissa.

No corredor, as fotos de infância — e só de infância —, fotos que se ordenavam numa reta. Tão nítidas, tão excelentemente tiradas pelo fotógrafo, pelo pai, pela mãe, a ponto de o riso e o cheiro de comida se projetarem para fora delas. Fotos de Clarissa com uma boneca enorme, a boneca sorria, Clarissa sorria, crianças em torno, fotos de Clarissa, tia Pilar, Lorena e Augusto numa mesa bem-servida, aniversário, docinhos, salgadinhos. A avó, o avô, Lorena carregando Clarissa, fotos de crianças numa escola. Arthur figurava em apenas uma das fotos, com mais de trinta familiares.

Clarissa sorriu para a bela mãe.

— Nenê — Lorena começou a andar pelo corredor —, eu não gosto da influência do Arthur.

Clarissa seguiu a mãe pelo corredor. Foram caminhando a passos lentos, Lorena falando:

— É como se ele quisesse mudar quem você é com essa história do alargador, essa história de te levar junto.

Lorena parou na frente da porta do escritório.

— Você é nossa filha — Lorena abriu a porta. — Não precisa ser mais que isso.

Clarissa sorriu para a mãe, a linda mãe, a mãe que dormia três horas por noite. Esqueceu-se de Arthur, da ausência do pai, das conversas que tinha com Arthur, das conversas que Arthur tinha com a família, com Augusto, esqueceu-se das caronas, das vezes que esperara pelos pais acordada, das vezes que pediu que chegassem cedo para que pudessem jantar juntos e eles não puderam. Era linda, a mãe.

Não puderam tantas vezes, tantas coisas.

Clarissa sorriu para a mãe enquanto Lorena fechava a porta do escritório.

Tia Pilar sorri enquanto Lorena a ajuda a começar a recolher os pratos. Só os de quem já terminou, viu? Agora tia Pilar já vai e volta da cozinha, caminha entre as mesas, recolhe as panelas. Todo mundo tá terminando, né? Alguém quer café?

Na seção de carne congelada do supermercado, o ar resfriado gelava os outros produtos do carrinho. Se Hannah comprasse bife talvez Antônio implicasse, ele voltara aos velhos hábitos de se aborrecer com certas comidas e Lorenzo permitia que o filho comesse o que queria. Hannah se distanciava de coxinhas de asa congeladas nas bandejas quando viu Bruno. Fora um dos grandes amigos de Gustavo, o namorado, quiçá o melhor namorado.

Bruno estudou com Hannah, resmungaram juntos por sonecas depois do almoço durante o primeiro semestre da faculdade e, após isso, viram-se apenas por causa de Gustavo. Não deu certo, Gustavo, não era para dar certo, e todo relacionamento perfeito tem de acabar.

Se fosse uma situação normal, Hannah teria fingido que não o viu, mas ela viu que ele a viu. Seria falta de educação depois de tanto tempo. Hannah acenou com a cabeça olhando para os peitos de frango, dirigiu o carrinho rumo aos iogurtes, mas Bruno começara:

— Sabe que aquela idiota demorou dois semestres para me dar um sete?

Hannah sorriu, estacionando o carrinho.

— Repetir por excesso de faltas sempre foi uma habilidade extraordinária sua.

Os dois sorriram, mas logo parou o riso. Bruno disse:

— Como está, querida?

— Ótima, ótima mesmo. E você?

— Tudo indo.

— Que bom.

Bruno olhava para as compras de Hannah.

— Casou, então, sua malandra?

Hannah começou a contar o número de lajotas que seu carrinho ocupava.

— Pois é — Hannah perdeu a conta na quarta lajota branca —, logo depois da faculdade.

Hannah e Bruno trocaram sorrisos.

— Então tem que marcar algo pra eu conhecer esse queridão — Bruno disse.

— Colocar a conversa em dia.

— Vamos marcar mesmo.

— Sem falta.

— A gente tinha boas conversas.

— Verdade.

Ouve-se apenas o barulho de outros carrinhos circulando, pessoas a conversar e escolher carnes, iogurtes e laticínios afins. O frio vinha da seção de carnes.

— E você? — Hannah olhava para as carnes expostas em bandejas.

— Eu o quê?

— Casou? Tá trabalhando no quê?

— Eu saí de um emprego agora...

— Ah, que pena...

— Decidi me dedicar a uns projetos pessoais. Tava consumindo a minha vida, eu mal me dedicava aos meus amigos...

— Ah...

— Mal via o que acontecia com as pessoas à minha volta...

— Que coisa ruim...

— É...

Ouve-se apenas o barulho de outros carrinhos circulando, pessoas a conversar e escolher carnes, iogurtes e laticínios afins. O frio vinha da seção de carnes.

— Bom — Bruno olhou para o carrinho —, já vou indo.

— A gente marca alguma coisa.

— Com certeza, querida.

Ele começava a empurrar seu carrinho quando Hannah disse:

— Você tem falado com o Gustavo?

Bruno parou o carrinho e olhou as próprias compras, caixas de comida congelada, pronta para aquecer em cinco, dez minutos, em meia hora, pizza congelada, duas garrafas de refrigerante, duas de cerveja. Tentou levantar a cabeça:

— O Gustavo?

— É, eu penso nele às vezes.

Bruno expirou lentamente, como se numa tentativa de esvaziar os pulmões por completo.

— Ninguém deu um jeito de te ligar quando o Gustavo se suicidou?

Hannah enfiou as mãos no bolso. Negou. Não, ela não sabia de nada, ninguém a avisara de nada. Bruno ainda olhava as compras. Comentou que era de esperar. Também, depois de tanto tempo. Hannah mordeu o lábio. Era terrível, quando fora isso? Uns quatro meses atrás. E alguém sabia o motivo? Gustavo deixou carta, recados, mensagem final? Bruno começou a se mover com o carrinho de novo, fazendo barulho rumo à seção de farinhas. Não, não haviam dito nada.

— Eu me atrasei pro funeral. Não me disseram muita coisa. — Bruno já dava as costas para Hannah.

Quando as tias terminam de recolher os pratos da mesa, Arthur começa a separar um par de pratos para tia Ana e sua mãe.

Clarissa encheu seu prato com arroz frio do pote plástico. Era quarta-feira, onze e cinquenta e três da manhã, e ela estava sozinha. Apesar de os pais terem prometido que tirariam uma semana de folga, apesar de terem dito que conseguiriam um fim de semana na praia, apesar de terem trabalhado no Ano-Novo, Clarissa permanecera dois meses no apartamento e as aulas começariam em quinze dias.

Não visitou colegas, não visitou amigas, visitaram alguns parentes em Distante, como sempre, no Natal, no Ano-Novo, a avó continuava de cama (difícil colocá-la na cadeira, difícil fazer comer, sim, pois é), o avô continuava com ideias de subir escada e arrumou o telhado (difícil convencer do contrário, sim, pois é, mas ele arrumava melhor que todo mundo, sim, pois é, mas ninguém se oferecia), as tias continuavam perguntando da vida de todos e se esquecendo das respostas logo em seguida. Um primo arrumou um emprego, outro se demitiu, outro foi demitido, outro diz que se demitiu, mas a tia Tita falou que ele deve ter sido demitido, outro bateu o carro, outro primo tentou se matar, estava numa clínica em São Patrício agora, não queria a medicação, magro, magro, numa corrida consigo mesmo para sumir, tia Berenice com sua pesquisa da herança histórica da família, desde os imigrantes, quem colecionava moedas mesmo?

Tio Franco comprou um carro caro demais, quer impressionar, outro tio se separou, uma pena mesmo, outro não se separou, mas a tia Mara comentou que pelo jeito como haviam se comportado no último almoço...

Clarissa comeu o arroz requentado que a cozinheira de verão deixara. Tanto as diaristas quanto a cozinheira do resto do ano estavam de férias, o que não impedia que a mãe achasse outra geográfica e temporalmente deslocada. Estava numa praia que tinha dez mil habitantes, um balneário, com filhos, marido, família. Clarissa se perguntava por quê. Clarissa queria aulas intensivas de piano no verão, cansou de acordar na hora que queria, de dormir quando quisesse, de assistir ao que tinha vontade na televisão (full HD, conexão à internet, 3D, cinquenta e duas polegadas), da ausência de qualquer limite. Queria a volta das aulas de natação, de uma nova rotina. Comprara o material escolar com a empregada na metade de janeiro para ter o que fazer, cheiro de livros novos com quem conviver, barulho de páginas a virar.

Não que a escola fosse uma grande expectativa, não que fosse uma reunião de amigos, conhecidos quiçá, não amigos.

Apenas um lugar cheio de gente que Clarissa conhecia desde sempre.

E as notas. A alegria das notas. As observações em canto de página. A professora que notou a camiseta nova (larga demais, presente da mãe).

Ninguém escrevia bilhetes para Clarissa. Exceto pelos carimbos de coração no canto da página.

Pequenos projetos, aprender uma música que estava no livro das aulas de piano, nas seções "Para ir além", organização de planos na agenda com horários livres e ocupados. Tudo feito sozinha e com esperanças para o novo começo.

Festejaram o aniversário de onze anos com um bolo que os pais trouxeram na volta do trabalho. Voltaram cedo. Clarissa não queria convidar ninguém?

— Tá todo mundo de férias... — ela mentiu. E, mesmo que estivessem todos na escola, não os convidaria.

Algumas colegas (Jéssica) costumavam ligar. Ou Jéssica comentava de convites que recebera:

— E... acho que você pode vir junto também...

Convidavam Clarissa para passeios, festinhas. Clarissa, porém, não queria ver aquela gente nem quando tinham aula. Dizia que não tinha como ir e, ao ouvir sobre carona ou buscar em casa, dizia que não tinha como falar com os pais para pedir autorização. As ligações foram parando.

Clarissa lavava o prato de arroz requentado quando os pais voltavam para casa, riam de algo que acontecera na rua. Entravam na cozinha e ela estava como a haviam deixado. Ela, Clarissa, ela, a cozinha. Limpa, organizada, cheirando aos melhores produtos de limpeza, brilhando nos cantinhos e, acima de tudo, fria.

— Vai ficar fria — tia Pilar diz — essa comida que cê tá deixando pra sua mãe, Arthur... Elas vão ter que esquentar tudo...

Eu tinha acabado de comentar com ele sobre *A sordidez das pequenas coisas* ter sido indicado ao Jabuti. Sentada atrás da mesa de lançamento, as frases imbecis de sim, muito legal, né, poxa, demais mesmo iam e vinham.

— É o tipo de coisa que tu não sabe direito como acontece — ele disse. — Aposto que foi a mesma coisa com o teu prêmio, tu até agora não deve ter entendido o que houve.

Três tias trazem o café, o vinho, as sobremesas, os sagus, os sorvetes, os pavês, e um dos tios traz o trocadilho. Organizam as travessas sobre a mesa. Tia Pilar começa a distribuir as taças de sobremesa enquanto tia Fratela dispõe as colheres.

O irmão mais velho do Renan tinha uma colher na camiseta suja e suada. A legenda da camiseta dizia: "*I'm going to cut your heart out with a spoon!*". Renan era amigo de Arthur, que fumava. O vento acumulava o cheiro de cigarro nos três enquanto assistiam a um jogo de futebol e esperavam a vez de jogar. Suor, terra e marcas roxo-amareladas cobriam os garotos, assim como o olhar de Clarissa, que os observava conversar. O céu escurecia, tons de azul-petróleo cobriam as nuvens.

A pintura do banco verde onde se sentavam saía, com o tempo e com os rabiscos que a cobriam. Riscos cobriam nomes de casais, Thiago puto, rabiscos reescreviam nomes, datas, Marcos 100% Vila Velha, volta pra mim, Mimosa, te amo, ass Paola, letras de tribos (qabila, cabilda, casta, sangue, seita, rito, escola) ilegíveis e codificadas, Rafael motoboy 64300318, Marcela ♥ Cauê 4ever 03/12/08. O banco era feito de madeira, doía ao se sentar, mas era o que tinham em frente ao campo de futebol, que era apenas um par de traves dentro de um monte de grama com uma grade em volta, mas era um campo de futebol. Para chegar ao campo, Clarissa e Arthur precisaram tomar dois ônibus até o fim da linha.

O irmão mais velho do Renan contava sobre como não

tinha conseguido um estágio de novo. Disseram que era por causa dos horários, mas, ele tinha certeza, era porque ele estava no terceiro ano do ensino médio apesar de ter dezenove anos. Julgavam-no pela aparência, ele sabia que era isso, não gostaram do fato de ele estudar em escola pública, óbvio que era isso. Não havia outra explicação. Arthur e Clarissa viam outra possibilidade? Arthur, fumando, assentia com a cabeça e concordava. Soltava ar pelo nariz e falava: autoridades. Era uma merda mesmo. Ser proletário já era uma merda também. Naquele instante, Clarissa se perguntava se Marcela e Cauê estariam juntos. O irmão do Renan já lera *O capital*?

— Ahn? — disse o irmão do Renan. Clarissa ouviu o "ahn?". Ouviu o sorriso de Arthur, não entendeu bem sua explicação daquele treco.

Era uma merda que um burguês assustado decidisse sobre a vida deles. Arthur, por exemplo, planejava outra tatuagem no mês seguinte, estava terminando de achar a figura, ele e a Cla, e sabia que isso ia influenciar no seu futuro profissional. Mas ele já tinha um monte mesmo.

— ... sabe? — ele disse. — Que se foda, sabe? Não quero trabalhar onde não me sinta bem. Não quero fazer uma coisa que odeio só pra garantir um emprego.

O irmão mais velho do Renan riu.

— É fácil dizer isso quando tua mãe te sustenta.

Continuaram. Arthur comentou sobre a discussão com Lorena, como ela ficara puta porque Clarissa tinha faltado a uma aula de natação. Uma só. A velha era louca de atar, alienada, alienada, bitolada, dissera que queria Arthur fora de casa, era mais uma assustada com o mundo, obcecada com ilusões de segurança.

— A mãe da Cla funciona assim: ou as coisas são do jeito que ela gosta ou estão erradas, sabe? Ela não tem capacidade de compreender nada nos outros. — Ele fez uma careta olhando o jogo. Clarissa riu e concordou com o primo, dizendo que, se dependesse da mãe, ela moraria com os pais para sempre. Arthur acendeu outro cigarro enquanto dizia que morar com os pais para sempre era mais sem futuro do que a falta de futuro que ele tinha em mente.

O céu azul-petróleo, não choveu.

Jantaram um pacote de salgadinhos de queijo fedorentos. Enquanto Arthur decidia que os tênis cheios de terra não precisavam de água, Clarissa começava a pensar na prova da manhã seguinte. O conteúdo era fácil, começo de semestre, a professora já testara muitos dos conteúdos em trabalhinhos.

Lorena não falou com Arthur ao chegar. Embora não mencionasse mais que o queria fora de casa, fazia outras menções ao passar pelo garoto em um silêncio retilíneo.

Clarissa escolhera passar a tarde com Arthur e os garotos e naquela noite revisaria a matéria para a prova. Revisou o conteúdo que tinha certeza de que já sabia. Expressões matemáticas com letras, monômios, polinômios, adição e subtração de polinômios, os primeiros cálculos com letras.

Chovia do lado de fora. O ar quente e cheio de suor abafava a sala com as janelas que não podiam ser abertas. A professora se sentava atrás da sua carteira, na frente da sala, olhando aluno por aluno enquanto faziam a prova.

Multiplique os polinô

divida os poli

Clarissa foi de questão em questão e não sabia do que se tratava. Entendeu metade da prova, adicionou, subtraiu, tentou multiplicar e dividir, teve certeza de seus erros. Por que não estudara como devia?

A pergunta permaneceu em sua mente no intervalo. Quase dez colegas vieram falar com a menina que passava cada minuto livre na biblioteca.

— Clarissa — disseram —, você, que é esperta...

Perguntavam da prova. Alguns perguntavam em voz alta, outros em voz baixa, falavam de um segredo da Antiguidade. A professora dissera que aquele conteúdo cairia? Explicou aquilo nas últimas aulas? Um ou outro colega conferia onde estava a bibliotecária antes de falar. Cruzava e descruzava os braços.

— A prova tava bem difícil, não tava?

Os colegas em torno de Clarissa concordavam que sentiram dificuldade, não conseguiram fazer muitas questões.

— O que você achou, Clarissa?

E Clarissa mantinha os olhos numa revista.

— Eu não estudei o suficiente pra saber com certeza.

Mal os colegas começaram a rir, a bibliotecária gritou um shh. Abafaram risinhos. Se Clarissa não estudara, então o fim estava perto! Abafaram risinhos. Alguns disseram que estudaram, mas o que eles estudaram não caiu! Culpa da prova! Riram. Clarissa se concentrou na reportagem sobre os estudos sobre o tomate e a prevenção do câncer.

A professora de português falava das orações substantivas e Clarissa reviu os conteúdos matemáticos que sabia, tentou achar em que parte do livro estava a multiplicação de polinômios. Parara de chover, a umidade se dispersava pela sala, janelas quase abertas.

Clarissa folheou o caderno — a professora falava dos termos que introduzem as orações substantivas — em busca dos exercícios feitos em aula, em busca de exemplos. Como não descobriu um raciocínio para calcular? Como não estudara aquilo? Como não sabia?

Soube na semana seguinte que a professora se confundira. O calor acumulado pela nova chuva abafava a sala. A professora corava ao explicar que havia questões a mais na prova. Podia jurar que dera a matéria antes, só percebeu que não haviam visto aquilo quando notou o excesso de erros. Disse que pensou em desconsiderar as questões, mas a pontuação ficaria desproporcional e havia poucos exercícios com o conteúdo que deveria testar. Refariam uma prova na outra semana. A professora corava cada vez mais a cada desculpa que pedia, uma atrás da outra, conversara com a coordenadora. Corando, implorou o perdão à turma da sétima série. Devolveu as provas às crianças, com notas em vermelho e asteriscos ao lado: nota ilustrativa, prova desconsiderada.

A média para aprovação era sete. Clarissa baixou a cabeça para sua prova. Cinco vírgula oito a caneta vermelha, o asterisco ao lado, nota ilustrativa, prova desconsiderada.

Clarissa avaliou sua prova durante a aula enquanto a professora iniciava a explicação de polinômios multiplicados. A professora ainda corava e sorria. Sorria de nervoso, Arthur diria, Clarissa imaginou.

O ruído da chuva do lado de fora da sala de aula. O cheiro de ar concentrado se acumulando pela sala. Clarissa avaliou sua prova no caminho de casa, no silêncio do cheiro de cigarro e de suor de Arthur. Arthur perguntou do dia, da aula, Clarissa respondeu que tudo bem, disse as frases que diria por inércia, tudo normal, aula de matemática, a professora devolveu as provas, as notas erradas, ela se enganou, haha, Arthur respondeu, interagiu, acrescentou detalhes de seu dia, Durkheim, Clarissa avaliando a prova.

Avaliou a prova enquanto almoçavam o nhoque requentado com molho aos quatro queijos, enquanto Clarissa revisou o conteúdo da aula em casa, enquanto comparou o que aprendera em aula com o que havia caído na prova. Entre as questões de monômios, polinômios, adição e subtração de polinômios, errara três detalhes, meio certos. Para Clarissa, meio errados. Perguntou-se o quanto teria acertado se houvesse tido aquela aula antes. Ainda chovia, a chuva batia nas janelas, chuva de inverno, gotas obesidade nível II.

Semanas depois, após a tatuagem de Arthur, cairia a pior tempestade do ano. Mas isso era o futuro. Naquele momento, só chovia e só fazia frio.

Arthur ainda perguntava a Clarissa se um dragão ou uma árvore. Queria uma árvore nas costas inteiras, com raízes que atravessassem a lombar. Clarissa ignorou as frases dele, a inércia perdera energia acumulada. Não respondeu.

Ela pensava no irmão do Renan, na falta de futuro, pensava na prova, nos colegas que estudaram o que não caiu, no erro, no erro, no erro da professora. Pensava na prova da semana seguinte. Estudaria em dobro, acertaria todas as questões. Arthur falava da dúvida, árvore ou dragão, o que tatuar, quem sabe fazer uma menor, fazer os dois.

— Aliás — Arthur disse —, hoje tem jogo, mesmo com essa chuva.

Clarissa avaliava a prova. Arthur olhou para a janela, olhou para Clarissa, olhou para o quarto, a decoração de ursinhos, a lâmpada fluorescente, o teclado, a poltrona de panda, o frigobar, a colcha perfumada, o papel de parede em perfeito estado, a porta fechada e trancada do closet lotado de uniformes escolares.

Olhou para tudo como se procurasse uma ranhura na parede. Mas não a achou. Apenas repetiu o convite e acrescentou:

— Vamos?

Clarissa se ergueu da cadeira e gritou. Ele não se importava mesmo, não era? Clarissa gesticulava, o rosto vermelho e quente ao gritar. Arthur não ligava que ela repetisse a sétima série, que tudo desse errado na vida dela, que os pais não a amassem mais, que ela acabasse morando com eles e trazendo infelicidade, que ninguém nunca a amasse, trancada dentro de um quarto, Arthur pouco ligava que ela fosse uma criança imbecil, porque era assim que ele a via, não era? Uma criança que ele podia levar para cima e para baixo, moldando a mente!

Ele deu um passo para trás.

— Cla, você tá bem?

Ele ainda caminhava para trás.

— Aconteceu alguma coisa?

Ela permanecia de pé, gritando do alto de seus um metro e cinquenta e cinco de altura, dos seus quarenta quilos, a força dos gritos vinha de baixo, não da goela. Vinha da parte de baixo, quase da barriga, quase das costas, que nem um professor de canto ensinara uma vez. Ela sentia a voz, a energia, sair das costas ao gritar:

— Claro que é isso! Você...

... levava-a para a rua para que não se sentisse mal quando a vida patética dele desse errado, não era isso? Arthur queria que Clarissa tivesse tão pouco futuro quanto ele, fosse desempregada para o resto da vida, mas não ia acontecer! Clarissa seria independente, seria sim! Arthur queria arruiná-la, por isso queria tirá-la de casa, por isso insistira tanto que ela fizesse amigos, que ela convivesse com ele, que ela convivesse com os seus amigos inúteis, coisas que apenas atrasavam a vida, afastavam os objetivos...

— Por que você insiste tanto em mim desde o início?

Ela andou até o garoto, que andou para trás, ela andou, o rosto quente, vontade de socar a boca dele até, de bater nele, em seus ombros, em seu queixo, enfiar o dedo no alargador, cabia um dedo ali?

— Por que você insistiu desde o início, essa mania?

Sobre o alargador, Clarissa não sabia, faria caber e puxaria, rasgaria a orelha, morderia o garoto que queria destruir seu futuro. Gritava que o primo era um imbecil vagabundo, que nunca mereceu nada que teve, que tinha inveja do potencial dela, que só queria o mal dos outros...

— E é tudo culpa sua! — Clarissa sentiu as mãos magras de Arthur segurarem seus pulsos. Ela puxou, forçou, choramingou, queria chorar, puxou os pulsos, queria chorar, resmungou, arfou, chutou o ar. Clarissa queria chorar, e Arthur segurou os pulsos dela. Arthur a olhava, não perguntava mais nada.

Num impulso, empurrou-a. Clarissa deu dois passos para trás enquanto o via sair do quarto. O calor, o cansaço nos braços, na garganta, a falta de ar, a dor nas pernas, Clarissa devia ter dado um mau jeito ao chutar. Ouviu-o dizer antes de sair:

— "Eu", "eu", "eu". Quando as pessoas convidam você pra alguma coisa, às vezes elas não tão pensando só em você, Clarissa.

Naquele momento, ela não tinha uma boa resposta. Talvez nunca tivesse. Chovia ainda. Mais tarde, sobre o pedido de desculpas de Clarissa, Arthur disse que compreendia, ela estava brava com a coisa toda da prova, estava tudo bem, não tinha motivo para se preocupar. Sorriu. Talvez fosse de nervoso, mas sorriu. Continuaram a olhar mais figuras para a tatuagem.

Pegaram o sentimento mútuo e guardaram num cantinho escuro deles. Deixaram para lá. As frases de Clarissa? Deixaram para lá. Para lá. Lá. Todo o relacionamento precisa de um lá. O lá de Clarissa continha as notas de Arthur, as amigas que ele trazia para casa, o dormir fora, os sumiços em fins de semana. O lá conteria tanto.

Você releva umas, eles relevam outras, é essa a ideia. Deixa para lá. O lá resolve, desde que bem fechado.

Lorena e Augusto, ao chegarem em casa, agiram como fariam em qualquer dia. Esquentaram o próprio jantar, como sempre, conversaram sobre o dia, sobre os comunicados da semana e sobre o novo escarcéu do pessoal da contabilidade.

Tinham a rotina de tomar banho, um de cada vez, conversavam na cama e, algumas vezes no mês, cometiam o que na linguagem científica moderna se chama, como nos livros clássicos, de felação. Algumas vezes no mês, Lorena amaldiçoava Arthur, odiava tudo, os atrasos e quando chegava na hora. Por que nada mudava nunca? Augusto ria.

— Calma, calma...
— Eu não entendo o que você vê nele.

Augusto ria.

Fazia muito que não quebravam essa rotina e, naquela noite, permaneceram assim. Não era porque algo ocorrera com Clarissa, com Arthur, não era porque algo mudou que o mesmo ocorreria com os pais. Fazia muito que não quebravam essa rotina, e permaneceriam assim por mais tempo do que deviam.

O pote de sorvete não fica cheio por muito tempo. Tio Jorge se atraca com sua taça e come, mas, observando o sorvete no pote, faz trocadilhos com o pavê, dos quais ninguém ri.

Os dois meninos brigavam entre si, gritavam pela mãe na sala. Ela demoraria muito na cozinha? Os dois se ajeitavam no sofá, mexiam nas almofadas, gritaram, trocaram socos e se estapearam. Gritaram pela mãe, pediram chocolate. A mãe respondia com voz risonha que já estava indo.

O repórter na televisão falava da Guerra do Iraque. Falava das argumentações da ONU, de como a entidade se opunha. Na televisão, trechos do discurso do presidente americano em resposta. Estavam nos estágios iniciais de operações militares de desarmar o Iraque, libertar sua população e defender o povo de grande perigo. Começariam uma campanha aberta e extensa com o apoio de mais de trinta e cinco países. Cada nação dessa coalizão escolhera carregar o dever e compartilhar a honra de servir em suas defesas comuns.

A mãe entrou na sala, deixou a barra de chocolate ao leite na mesa de centro. Os dois meninos se ocuparam em rasgar a embalagem de alumínio e comer o chocolate. A mãe colocaria o DVD. Tirou *007: Permissão para matar* de dentro do aparelho e escolheu *Toy Story*. Os meninos engoliam o chocolate e sujavam o rosto, impregnando-se com o cheiro. Após a mãe guardar James Bond de volta em sua caixa, levantou-se rumo ao sofá de couro, rumo às crianças, sorrindo com os meninos. No sofá, enquanto os abraçava, perguntou, rindo, se sobrara chocolate para ela.

Tio Felipe volta a fotografar, volta a pedir que façam poses enquanto a antiga hierarquia da mesa se desfaz e tios, tias, primos e sobrinhos vão se sentar com suas sobremesas onde querem.

— Poxa, gente, rápido, enquanto a mesa ainda tá bonita...!

— Bonita mesmo — Arthur discutia com Clarissa as primas e os festivais de beleza na família — é a prima Fernanda. Sempre achei.

— Credo — Clarissa olhava, com calma, com a tranquilidade de quem confia, os garotos ao longe pescando. — Acho o rosto dela terrível.

Arthur olhava para a linha flutuante de um dos garotos no barco. Deu de ombros:

— Por quê?

Clarissa se mexeu na grama áspera.

— O rosto dela é igual ao da tia Magda. — O lago cheirava a terra molhada.

— É engraçado isso, não é? — Arthur mexeu na alça da camiseta regata. — Quando alguém é filho de uma pessoa mas é igual a outra.

Clarissa riu.

— Do que você tá falando? A Fernanda é filha da tia Magda.

— Oi? — Arthur se virou para Clarissa. — Mesmo?

— Achava que ela era filha de quem?

— Ela não é filha da... — como um ator ao se lembrar da fala, Arthur estalou os dedos — ... da tia Tânia?

— Claro que não — Clarissa riu, Arthur riu. Clarissa ainda ria: — Credo, Arthur, cada dia me assusta mais o quanto você sabe pouco da nossa família.

— Não é que eu não saiba — Arthur voltava a olhar para os amigos pescando. — Eu me confundo, acho.

— Acho — diz tio Felipe — que agora a gente tem fotos suficientes pro Natal todo! — Mas a única plateia ali se dedica a cafés, sagus, sorvetes e pavês. Nem para os trocadilhos há atenção.

Arthur pergunta por Ana e Cristina. Não que dê para ouvir fora do quarto, mas elas ainda estão lá. Não que dê para ouvir fora de lá, mas elas ainda conversam. Falam de problemas financeiros, criar uma criança sozinha. Sabe quem nunca teve muitos problemas financeiros? Augusto e Lorena. Claro que Tânia também, de Magda nem se fala, mas Lorena, irmã de Cristina e Ana... tinha dado sorte com aquele homenzão que Cristina havia apresentado, não tinha?

Não que dê para ouvir isso de fora do quarto.

09080-510

Mal Arthur pergunta de novo pela mãe e por tia Ana, ele mesmo avisa que irá buscá-las no quarto onde conversam.

No quarto onde conversavam, Arthur mostrou o histórico escolar para Clarissa. A luz natural vinha da janela, entrava junto do calor. Arthur brilhava de suor, assim como Clarissa.

Oito e meio era a nota mais alta — em história —, mas Arthur reprovara. Um 7,3 em geografia, um 6,5 em inglês e todo o resto abaixo de cinco. Cinquenta por cento de presença, quarenta e cinco por cento, não mais. Arthur ria enquanto Clarissa o observava. O que Lorena dissera?

— Sua mãe disse que você colhe o que planta e virou as costas — Arthur ria. — Seu pai disse que a vida é assim mesmo, paciência. Me deu uns tapinhas no ombro, perguntou se eu queria ficar de novo ano que vem! — Clarissa e Arthur gargalharam. A despedida se aproximava, mas gargalharam.

Arthur e Clarissa decoraram a árvore de Natal branca — que fazia três anos que não era trocada —, montaram o presépio, cantarolaram as músicas natalinas que sempre se cantarolam, colocaram os arranjos nas portas, sobre as mesas, acenderam velas mesmo com o calor, só pelo cheirinho. Arthur falava contra a Igreja, contra o catolicismo, contra a ideia de Jesus Cristo, fez antipropaganda, falou de graves irregularidades históricas, Império Romano, paganismo, solstício de verão e crenças pagãs.

— Verdade seja dita — Arthur tirou um arranjo colorido da caixa —, eu não acredito em nada.

Talvez Arthur acreditasse apenas na força que unia Clarissa e ele e por isso decorava a casa. Talvez decorasse porque sabia que não estaria ali para ajudar Clarissa a desmontar a árvore. Talvez, com uma árvore de Natal branca, Arthur quisesse permanecer no apartamento.

As ligações à procura de Arthur começavam a diminuir, as garotas à procura dele que tocavam o interfone, que subiam ao apartamento, diminuíam. Se tocavam o interfone, não subiam (claro que nem sempre, claro que com exceções). Arthur tinha malas para fazer e saía menos de casa com a desculpa de que tinha de organizar as coisas para voltar para Distante. Deixava tudo como estava no seu quarto. Costumava ser o quarto de visitas, mas nunca mais seria. Sentava-se no chão do quarto, olhava-o, sacudia a cabeça, testa franzida, olhos concentrados, terminava prometendo que naquela tarde arrumaria as malas, guardaria as coisas, mas não cumpria.

— Preciso de malas maiores... — dizia.

— Vou almoçar, depois eu faço... — E, depois do almoço, Arthur dizia que, antes, queria ouvir um álbum de uma banda e não podia guardar as coisas e deixar o álbum por último.

Entre uma procrastinação e outra, Clarissa convidou Arthur para a apresentação de Natal da escola. Esqueceu-se dos pais. Sabia que estariam trabalhando, teriam outro compromisso, sabia que pediriam que Arthur levasse Clarissa. Veriam as fotos. Arthur já levava Clarissa aos ensaios, já cantava as canções natalinas junto com ela enquanto decoravam a casa. Foi. Ao voltarem, ele elogiou o musical, os colegas, os pais, falou de todos, de como ainda o olhavam com espanto, de como não perguntaram por Lorena e Augusto, em especial o pastor da escola, homem simpático. Contou de como se despedira de algumas mães da turma.

— São umas queridas — Arthur disse. — Paranoicas e cheias de culpa que nem a sua mãe, mas criaturas doces.

Clarissa sorriu. Cobrou as malas de Arthur, afinal o Natal seria no domingo e, durante o almoço natalino em Distante, as deixariam com a mãe dele.

Na quinta-feira, durante uma hora, organizaram as roupas. Os casacos de inverno, as calças jeans, as meias de lã. Só. Na sexta-feira, camisetas velhas, livros, revistas, material de desenho. Só. No sábado, Clarissa e Arthur demoraram para o jantar em família terminando a arrumação. Guardaram CDs, livros, jogaram cadernos e papéis fora. Arthur não ia precisar de nada daquilo quando estivesse fazendo seu terceiro ano e cursinho pré-vestibular em Distante. Tudo planejado para que voltasse a São Patrício. Separava as pulseiras de prata, os colares, as camisetas pretas, as regatas pretas, as calças jeans pretas, o relógio na cabeceira da cama, Arthur dizendo que voltaria antes que Clarissa notasse.

Sempre olhavam para as roupas, fixavam-se nas revistas que ficariam no fundo, para a mala, para a outra mala, para os coturnos que embalavam em sacola plástica, nunca um para o outro, Arthur dizendo que voltaria antes que Clarissa notasse. Moraria sozinho e ela viria visitar.

Zazzles circulou pela porta, brincou com algumas roupas, espalhou pelos nas roupas, miou, saiu do quarto, circulou pelo corredor.

— Essa história de ir embora só é séria — Arthur fechou o zíper da terceira mala — quando a gente termina de fazer as malas.

Restavam as pulseiras de prata sobre a escrivaninha, a escova de dentes, o creme de barbear, a gilete, a muda de roupa. O quarto, apesar do cheiro de cigarro e de suor, era o quarto de visitas. Naquele momento, Arthur visitava o quarto. O quarto, porém, não era mais o quarto de visitas. Arthur coçou o queixo.

— Escuta, Cla, eu queria ter feito uma lembrancinha pra você...

— Não precisava — ela mirava o piso, a cama com o lençol das visitas, a escrivaninha com roupas da visita.

— Mas eu queria.

— Eu também não comprei nada pra nossa despedida — ela baixou os ombros. — A gente vai se ver de novo.

— A gente vai.

— Você vai morar na cidade.

— E, quando entrar na faculdade, você vai morar comigo e eu vou ser o seu primo descolado.

— Você não faz ideia de como — Clarissa baixou os olhos, as frases se perderam, se enrolaram. Arthur as abraçou. Abraçou as frases, abraçou Clarissa, que o abraçou de volta.

Clarissa, com os olhos fechados, apertou o garoto, baixou a voz e disse algo no ouvido de Arthur, só e só para ele. Cinco, seis ou oito sílabas, não se pode precisar. Arthur sorriu — o sorriso pequeno —, apertou Clarissa com mais força.

Lorena e Augusto celebravam o Natal com amigos, haviam já convidado Arthur e Clarissa, a festa seria ótima, os amigos contrataram um chef especial para aquela noite, não queriam ir? Arthur e Clarissa recusaram. Lorena e Augusto insistiram, disseram que seria bom passar juntos, haveria sobremesas de três andares açucarados, o chef tinha viajado especialmente para o evento, um especialista, quinze horas de voo...

— Isso sem falar na quantidade de gente que vocês podem conhecer! — Lorena tinha gestos imensos.

Arthur e Clarissa recusaram de novo. Augusto e Lorena prometeram voltar cedo, antes da meia-noite. Comemorariam juntos!

Arthur e Clarissa comemoraram o Natal como haviam comemorado as férias, as noites, os dias de aula, as passeatas, os fins de semana, o fim das provas, a festa de aniversário de Lorena, a festa de aniversário de Augusto, os feriados religiosos, municipais, estaduais e federais: brincaram com Zazzles, assistiram à televisão (full HD, conexão à internet, 3D, cinquenta e duas polegadas), comeram comida do congelador, bolachas recheadas, salgadinhos.

Não falaram de Vade. Nunca falaram. Contudo, na mente de Clarissa, fazia uma semana desde o evento na cozinha de Rorô, nada não, nada não. Desde a parada de ônibus, Arthur deixou o assunto para lá. Deixaram para lá. Para lá. Lá. Todo o relacionamento precisa de um lá, mesmo que consigo mesmo.

Mas era véspera de Natal. Não falaram de Vade. Falaram de Arthur partir, ele ia poder ver a mãe, ia embora, tinha repetido o terceiro ano, mas se quisesse teria passado, não teria? Arthur deixava escapar um sorriso.

— Não é simples assim, Cla — e tomava um gole de refrigerante.

Clarissa era obrigada, naquela véspera de Natal, véspera de despedida, a lembrar por que Arthur viera para o apartamento. Não perguntou, embora quisesse, do suicídio. Fizeram uma lasanha de micro-ondas natalina, falaram do ano, do Renan, do irmão do Renan, de pescaria, das aulas que Arthur matara, da vez que levaram Zazzles ao veterinário, da vez que a consulta atrasou duas horas, da vez que Zazzles voltou do pet shop com um laçarote para gatas, de partidas de futebol...

— Homérica — Arthur deu mais uma garfada na sua lasanha —, aquela...

... de tiros no Mato Redondo, da vez que Clarissa fumou, uma só, das festas, das notas de Clarissa, de amigos (amigos?), de armas, do Mato Redondo, de amigas (amigas?), de ônibus...

Ela quis ligar para os pais quando chegou perto da meia-noite, mas ele apenas negou com a cabeça: ela tinha esperança? Mesmo? Clarissa não aprendera nada? Augusto e Lorena chegaram três horas depois de quando Clarissa quis ligar.

Assim como Arthur avisara que não daria presentes a ninguém da casa, Lorena avisou que não dariam nada a ele. Lorena cantava Mereddith Pilaf, *Non, rien de rien, non, je ne regrette rien*. Assim que entrou em casa, fez questão de apagar as velas: disse que o cheiro era agradável, mas geravam calor demais. Estava calor demais naquele apartamento!

Vieram os presentes. Lorena ganhou um colar, um vestido que queria fazia tempo, Augusto ganhou um relógio e um smartphone novo, Clarissa ganhou um vale-compras de uma livraria (suficiente para comprar um brinquedo eletrônico de luxo) e uma calça três tamanhos maior. Zazzles, logo após ganhar seu arranhador suspenso de luxo, grudou as unhas na torre de sisal. Arthur e Clarissa cochichavam piadas sobre o que comprar com o vale-presente, o que fazer com a calça, quem sabe uma barraca. Lorena buscava o melhor ângulo para ela e o vestido no espelho. As crianças brincavam com seus presentes quando Augusto saiu do quarto com uma caixa.

Em torno da caixa, o papel azul se fazia luz de textura plástica. Dentro da caixa, para Arthur, havia um estojo de desenho: feito de madeira, forrado com cetim azul. Continha, como já informava a embalagem, uma excelente seleção de lápis especiais, pastéis pré-selecionados por artistas contemporâneos, grafites especiais, minas e borracha artística maleável, lixa para lápis, portaminas 5340. O estojo pesava no colo de Arthur. Lorena franzia a testa.

— Achei que não íamos dar nada pra ele...

Augusto deu de ombros.

— Um presente de despedida.

O rosto de Arthur se avermelhava. Lorena sorriu, concordando. Disse que era um bom presente, esperava que ele gostasse. A alegria escapava pelos olhos de Arthur ao responder que adorara, ao se levantar e envolver Lorena e Augusto com os braços. Os três se abraçaram.

Abraçaram-se.

Augusto disse a Arthur que lhe desejava toda a sorte do mundo em Distante, afinal ele precisaria. Lorena sorria, apertava Arthur contra o peito, dizia que ele tinha todo um futuro esperando.

— Você tem que buscar seu próprio destino.

Arthur, aos sussurros, a cabeça virada para o estojo de desenho, agradeceu.

Os quatro permaneceram acordados por mais uma hora, conversando sobre os presentes. Talvez fosse a bebida da festa de Natal, talvez fosse a hipocrisia natalina ou a hipocrisia das despedidas.

Era como se, no fim, Lorena e Augusto se arrependessem de ter de dizer adeus e quisessem que Arthur ficasse. Conversaram sobre a festa na casa do amigo, Arthur e Clarissa contaram da sua versão do Natal, falaram de Zazzles, de parentes que veriam no dia seguinte, contaram anedotas da infância, de uma barata que Lorena achara no banheiro de um cliente outro dia, a empresa imensa e uma barata, combinaram o horário da viagem para Distante, às oito no máximo, perguntaram das malas de Arthur. Isso era o máximo de lembranças que teriam em comum.

Ao se deitar na cama, Clarissa notou na mesinha de cabeceira uma pulseira prateada. Apenas uma corda de prata, mas o presente perfeito. Clarissa, já deitada no calor da cama, colocou-a no pulso. Demorou a adormecer, pensando na pulseira. Não pensou na oitava série, nos colegas de escola, na vida sem Arthur, nos amigos que não tinha, nas amizades que dependiam mais de Arthur do que dela, nos pais, nas notas, no silêncio, em nadar, em nada, nas lições de piano, em fazer um intensivo de piano. Pensou na pulseira, em usar no dia seguinte, e adormeceu junto a ela.

As malas de Arthur no carro, uma após a outra, se acumularam dentro do porta-malas. Arthur tinha razão quando dissera que essa história de ir embora só era séria quando se faziam as malas. Fecharam as portas do carro. Arthur elogiou a pulseira durante o café da manhã numa pâtisserie. Os pais elogiaram os detalhes de prata, embora não houvessem perguntado de onde viera.

Eram uma família que conversa de novo, uma família que pede biscuits, crepes, espresso *aux deux chocolats*, uma família que conversa no carro, uma família em que irmão e irmã compartilham os fones de ouvido do MP3 player e ouvem música, uma família na qual o marido e a esposa conversam sobre a outra parte da família que vão visitar, todo o resto da família mora em Distante, quatro horas de viagem, pausas para o banheiro, fazer um lanche, uma família que leva travesseiro no carro, DVD portátil, caso queiram ver filmes. Eram a família do jantar no Pearwasp, com mãe e pai divertidos, pais divertidos, os filhos que se davam bem, que riam, que nunca brigavam, que se conheciam, uma família com a qual Clarissa convivia pouco. Viram a casa dos avós se aproximar, preparando-se para sair do carro, para o almoço natalino de fato, a celebração de fato com os outros membros da família. Clarissa soube que o Natal de fato já acontecera no carro.

Enquanto se levanta da cadeira, Arthur avisa que buscará a mãe. As tias comem sobremesa, mal respondem (quiçá ouvem) ao sobrinho, elogiando o sagu. Arthur assobia enquanto atravessa o corredor rumo ao quarto. Diz, logo após bater na porta:

— Mãe, tá tudo bem aí dentro?

A voz de tia Cristina, ao abrir, é plana:

— Sim, sim, filho. Nós já vamos sair, tá bem?

— Mãe, vocês já perderam todo o almoço...

— Espera só mais um pouco — Cristina olha para o chão —, tá bem?

Num suspiro, Arthur concorda com a cabeça. Quando termina de dar o beijo na testa da mãe, lembra que ela mal o viu ainda. A mãe promete que já vai: estão falando de um assunto importante.

Na prova de francês II, a questão 2b pedia que se traduzisse o excerto:
"*La tentation la plus nocive que connaissent les hommes n'est pas le mal. Ni l'argent. Ni le plaisir stupéfiant et les extases diverses qu'il entraîne. Ni le pouvoir et toutes les perversions qu'il engage. Ni la sublimation et tous les sentiments imaginaires qu'elle fait lever. C'est la mort.*"
Pascal Quignard, *Les Ombres errantes*.

A tradução do aluno Rodrigo Haruo Kawasaki foi:
"A tentação mais nociva que os homens conhecem não é o mal. Nem o dinheiro. Nem o prazer narcótico e os diversos êxtases aos quais ele nos leva. Nem o poder, nem as outras perversões que ele engaja. Nem a sublimação e todos os sentimentos imaginários que ela suscita. É a morte."

O aluno Rodrigo Haruo Kawasaki, para a questão 2b de francês II, podia receber um ponto. Recebeu 0,85 e uma observação ao lado: confuso. Ao perguntar para o professor o motivo do "confuso", Rodrigo viu o prof. dr. Ricardo D. Mello alterar a sua nota da questão para 0,7. O professor, recalculando a média de Rodrigo com a calculadora barulhenta, explicou: estava interpretativo demais e pouco traduzido.

— E você devia deixar de ser tão petulante se quisesse aprender alguma coisa, Rodrigo — o professor disse. — Petulância já me basta nos olhos daqueles engenheiros, não quero aqui.

Num suspiro, Arthur se afasta da porta. Enquanto ajeita sua cadeira em torno da mesa, Clarissa ainda mexe no pavê. Tio Jorge cutuca Clarissa, dizendo que é pra comer, não pra ver...

— ... muito menos mexer.

Mal Clarissa, de expressão séria, cruza a sala com o olhar, enxerga o primo. O mogno da mesa da sala é limpo, liso, novo, apesar de tantos anos de idade. Arthur e Clarissa se encaram e sorriem. Tudo cheira a lustra-móveis.

Arthur se senta ao lado dela. Logo após encher uma taça de sagu e creme, fala da mãe, de estar trancada no quarto conversando há horas, de não ter almoçado. Fala para Clarissa, e para Clarissa apenas. Ela olha seu pavê.

— Pais. — Ela sabe o que ele responderá.

Ou apagaram as luzes do quarto ou nunca as acenderam. A mãe de Arthur, tia Cristina, dona Cristina, ex-professora de ensino médio Cristina, a madrinha de casamento de Lorena e Augusto, a que apresentou o casal, tia Cristina, a tão querida no almoço, ainda está sentada na cama. Há apenas o colchão sobre a cama do quarto de visitas.

Cristina e Ana entraram no quarto para — o que prometiam ser — uma conversa rápida, as tias berraram.

Conversavam desde que Cristina chegara, desde que invadiram o quarto.

Ainda conversam.

Arthur e Clarissa conversavam. Falavam da última apresentação de piano de Clarissa, de seus colegas, de uma colega de escola mais chamativa, de amigos em comum, da futura viagem de férias que a família faria, eles já haviam decidido a cidade? Arthur tentou convencer Clarissa a faltar a alguma aula no segundo semestre, qualquer aula, quem sabe, se não fossem as escolares até podia ser uma de natação. Conversaram sobre o que aconteceu com sexo, drogas e rock 'n' roll, agora só sobrou a juventude da aids, do crack e do techno — o quê? Nada, Cla, nada.

O isqueiro na mão de Arthur ia de um lado para o outro. Ele o acendia num clic, apagava-o, acendia-o, clic, apagava-o. Arthur acendia-o, passava o dedo pela chama:

— Se você passar rápido o suficiente, não acontece nada...
— E apagava o isqueiro.

Clic.

A luz do quarto estava acesa. Iluminava os livros de Arthur, que Clarissa nunca o veria ler, ela nunca futricaria neles. Clarissa aceitava: eram livros decorativos.

Os sons do jantar na sala atravessavam o corredor, atravessavam a porta e entravam no quarto de Arthur, atravessavam as folhas em branco na escrivaninha, os álbuns de música, CDs fora da caixa, os risos atravessavam o estojo de canetas coloridas, canetinhas hidrocor, lápis e lapiseiras e borrachas, que Clarissa nunca veria Arthur usar. Os barulhos de taças e talheres e pratos atravessavam o relógio na mesa de cabeceira, as revistas sobre desenho. Finalmente, a voz de Lorena e Augusto chegava à cama onde Clarissa e Arthur estavam.

Não podiam ir para a sala, não deviam sair muito para o banheiro. "Muito" no sentido de "o suficiente para que os convidados vejam vocês": o ideal era esperar o fim do jantar. Clarissa sentia as vibrações, os roncos, cada vez mais longos dentro do estômago, do intestino delgado, do pâncreas, do esôfago, do estômago e uma acidez que doía, sua última refeição havia sido o almoço. Conversava com Arthur.

Quando os pais avisaram que os futuros clientes, os amigos, os ex-clientes viriam jantar no apartamento, poderiam até passar a noite conversando na cobertura se não chovesse, Clarissa se esqueceu de planejar a comida. Esqueceu-se. Os jantares dos pais eram normais para ela, eles a haviam criado com aquele tipo de evento. Acostumou-se a, nessas ocasiões, ir dormir antes dos pais, com fome e ignorando os ruídos cada vez mais altos de festa. Depois de alguns anos, aprendeu a levar comida consigo. Mas, naquela noite, esquecera-se.

Quando Lorena e Augusto explicaram a Arthur que ele poderia ou passar a noite fora do apartamento ou dentro do quarto, ele demorou alguns instantes para metabolizar a notícia. Ouviu a explicação uma vez, achou engraçado, até levar a sério. Talvez fosse o fato de que Augusto e Lorena queriam dar uma segunda chance depois da discussão sobre o alargador, talvez quisessem agradecer porque Arthur levava Clarissa para todos os lugares de carro com tamanha pontualidade e responsabilidade, queriam agradecer depois de ter mostrado tanta desconfiança em relação à carteira, o convite fora tanto de Augusto quanto de Lorena, talvez só de Augusto ou talvez só de Lorena, talvez quisessem agradecer ou punir o comportamento do garoto em Linho. Nem saíra do chalé.

Talvez só quisessem o garoto fora da casa, quiçá. Clarissa não tinha certeza, mas Lorena e Augusto propuseram que Arthur dormisse fora. Ofereceram dinheiro para ir a festas e dormir num hotel. Não haveria problema nenhum. Arthur riu ao recusar. Riu ao prometer que ficaria longe do corredor.

Mal os convidados chegavam, Clarissa e Arthur fecharam a porta. Zazzles se deitava num canto do quarto, com medo do isqueiro que Arthur acendia, clic, olhava a chama, apagava. Não fumava, não naquela noite.

Arthur e Clarissa conversaram. Arthur falou que era infantil como os pais a tratavam, escondendo-a dentro do quarto. Ela disse que já se acostumara, perguntou o que Arthur achou da última apresentação de piano. Falaram da última apresentação de piano de Clarissa, de seus colegas, de uma colega de escola mais chamativa (...), ele tentou convencê-la a faltar a alguma aula no segundo semestre, (...) Clarissa sentiu fome, fome, quis perguntar se Arthur sentia, mas se achou boba.

Clic, a chama acendeu, Arthur a encarava. Clarissa, que encarara Zazzles durante toda a noite, virou-se para observar a chama que se apagava.

— Por que você quis ficar hoje?

Clic, a chama acendeu, Arthur mexeu o isqueiro, inclinou-o noventa graus.

— Você também acha que eu sou jovem demais pra estar fodido assim?

Clarissa observou a chama do isqueiro barato se apagar. Arthur a acendeu, clic, passou o dedo na chama.

— Você não vai me dizer — ela disse — por que você resolveu ficar?

Arthur — sentado sobre a cama, uma das meias furada — olhava a chama acesa, girava o isqueiro, soprou a chama enquanto tirava o dedo do gatilho. Apagou.

— Você também acha que eu não ligo pra você?

— Arthur — ela o viu largar o isqueiro —, me responde.

— Por que a gente parou de falar das suas colegas?

O isqueiro permaneceu parado no colo magro de Arthur, as duas pernas cruzadas, ela buscava no isqueiro um movimento. Buscava no isqueiro estático apagado um detalhe. Algo. Sentiu a barriga vibrar, dor do vazio. Os risos da sala lentamente entrando no quarto.

— Você deve tá achando que a gente é muito maluco pra fazer dessas, né? Sei lá, esconder os filhos nos eventos sociais.

Clarissa contou que, quando tinha cinco ou seis anos, ia aos jantares e os odiava. Gente demais a assustava, ela chorava, as pessoas vinham apertar e falavam alto com gestos imensos, dando presentes que ela não pedia, que ela nunca quisera, todos muito mais interessados nos pais. Não sentia falta das pessoas, da comida sempre chique, dos publicitários penetras jovens demais, cool demais, in demais, dos diretores de criação, de redação, de áudio e vídeo, dos produtores gráficos, dos clientes, do cliente russo caradecu, do sr. empresário, do sr. bom contato, do sr. advogado com relógio de ouro, do sr. médico, do sr. futuro cliente e do sr. líder do oligopólio de artigos médicos, mais de dois terços dos produtos, tudo ligado aos pais, os jantares todos idênticos. Clarissa encontrava no quarto tudo de que precisava.

Os risos vinham da sala.

— O resto da família deve nos odiar — ela disse.

— A minha mãe — ele olhava o isqueiro —, quando eu era menor, ela era meio obcecada por vocês, sabe?

— "Vocês"?

— É, o pessoal daqui. Ela invejava vocês, porque eram sempre tão... tão... — ele sorriu — tão limpos e silenciosos uns com os outros. Falavam "obrigado" e "obrigada", "por favor". E ela não conseguia me deixar limpo nunca, eu tava sempre gritando, com a camisa manchada e fazendo bagunça, aos berros, correndo, o cabelo oleoso e grudento.

Enquanto Arthur gargalhava, Clarissa sorriu. A gargalhada de Arthur cessou.

— Ela era obcecada por ver vocês — ele ainda tinha um sorriso nos lábios —, como se pudesse ser parte da família só de olhar. Era tão mais perfeito que a gente.

Haveria um dia em que Arthur diria que em Distante, uma cidade de cinquenta mil habitantes, todos que viviam em São Patrício eram sagrados. Nesse dia, Arthur explicaria como é morar numa cidade de cinquenta mil habitantes, onde dez por cento dessas pessoas devem ser seus parentes. O cheiro da água-de-colônia da sua tia-vó estava impregnado no posto de gasolina mesmo muito depois da partida dela. É a constante lembrança, a constante lembrança, a constante lembrança. Sair na rua e ver sua tia, que ligará para sua mãe, esbarrar na sua vó no mercadinho: ela carrega uma cesta de frutas, e você, camisinhas. É beijar uma pessoa que foi aluna da sua prima mais velha, da sua tia, foi colega da sua sobrinha em segundo grau.

É a constante lembrança, a constante lembrança, a constante lembrança.

Haveria um dia em que Arthur explicaria que o fato de Lorena e Augusto terem saído de Distante, terem vindo para a capital do país, a capital do estado, a cidade mais urbanizada e com o maior PIB do país, quinta maior do mundo, com mais de cento e dez bairros e pequenos distritos, uma cidade que amedrontava a maioria dos moradores porque eles não a conheciam por completo e nunca conheceriam os quatro cantos, aquilo era para ele coragem. Nesse mesmo dia, Arthur explicaria que, para o resto da família, aquilo era abandono. Sim, os habitantes de São Patrício eram sagrados, mas não Lorena e Arthur. O que eles fizeram era o mesmo que o discurso de "meu país é uma merda, vou me mudar para aquele outro porque tenho dupla cidadania". Nesse dia, Arthur diria que havia respeito pela atitude tomada, mas também revolta e — quiçá — inveja. Por que eles sim e nós não? Por que se graduaram e vieram, formaram uma empresa, e nós não? Por que decidiram assim? Nós ficamos aqui e cuidamos de tudo, cuidamos da família, fomos a base. Assim que conquistado, o sucesso é muito questionável.

Haveria um dia em que Arthur explicaria que, por São Patrício ser a maior cidade do país (a mais industrializada, a mais populosa, o maior centro financeiro, o maior centro mercantil, com maior índice de criminalidade, maior índice de poluição, maiores índices de desigualdade de distribuição de renda, piores congestionamentos), todos os habitantes de São Patrício eram sagrados. Sim, reexplicaria. Nesse mesmo dia Arthur explicaria que, por mais que houvesse revolta, por mais que houvesse inveja, por mais que houvesse respeito, a família em Distante sabia que São Patrício tinha mais a oferecer. E, como tudo que oferece muito, como tudo que se impõe, São Patrício afastava e atraía os moradores de Distante. Ficavam.

Mas esse dia não seria durante o ano em que Arthur morara com Clarissa.

E naquela noite, por causa dessas ações em que a gente não pensa muito, Arthur não falou disso. Demoraria a falar disso, por causa dessas ações em que a gente não pensa muito. Talvez não se lembrasse, talvez apenas não quisesse, talvez sem motivo.

Naquele instante, Clarissa e Arthur se reduziam ao som de risos que ainda vinham da sala. Logo viriam da área externa. Clarissa sabia que os pais queriam um apartamento maior, com um segundo andar, justo para esse tipo de festa, um recanto para ir junto da cobertura, outra sala de jogos anexa, aumentar o bar, a vista maior. Não que Clarissa quisesse, mas haviam prometido uma sacada. A menina se divertiu com Zazzles rolando nos cantos do quarto.

— Acho que, quando você vê de dentro, entende por que a gente é tão silencioso. Seria pior se alguém ouvisse.

Clarissa não ouve aquilo que sabe que Arthur está prestes a dizer. Tio Antônio a chama antes que Arthur responda. Logo após chamar a menina, tio Antônio chama Arthur e pede que os dois contem essa história de Arthur ter perdido o celular

em abril e nunca ter tido vontade de comprar um novo. Onde ele perdeu o celular? Era caro, o celular perdido, hein? Por que não comprou um novo? Arthur sorri.
— É que eu tava economizando pra outra coisa...

(*Eu nunca vou saber o suficiente dela.*)

(cheiro de álcool etílico)

Ninguém é bom com cálculo. Nós, os professores, atravessamos a maré dos alunos numa tentativa de provar que cálculo é fácil. É apenas a fama de cálculo. É cálculo para administração e contabilidade. Mas é cálculo. Eles, os alunos, sentem um pavor instituído.

A Mariana não era má aluna. Ela era uma boa garota. Nós, os professores, sabemos quem são os maus alunos. Sabemos quem no fim do ano não vai receber o ponto de que precisa. A meu ver, ela se dedicava. Nós sabemos que é difícil ter tantas disciplinas ao mesmo tempo. É cansativo. Ela era uma boa garota. Não fazia os exercícios, os professores sabem. Mas assistia às correções. Copiava tudo.

Dormia em aula. Não era sempre. A maioria dos alunos dorme sempre. Melhor dormir que conversar. Quando Mariana conversava, conversava comigo. Conversava com alguns colegas, porém usava bilhetes. Ela era uma boa garota. Falávamos antes e depois do intervalo. Uma vez, ela brincou: "Até essa parte da matéria eu entendi tudo, estou só aguardando o meu ponto de inflexão…".

Ela era uma boa garota. Sabia a matéria. Sabia. Nós, os professores, sabemos que falta tempo aos alunos. Sabemos quais alunos têm dificuldade e se dedicam. Sabemos quais alunos têm dificuldade e apenas matam tempo.

Na prova final, acredito que Mariana acertou menos de cinquenta por cento das questões. Derivadas. Escreveu: "Professora, ao calcular minha média, não se esqueça do meu cem por cento de presença, viu?". E eu, como professora, sabia que havia feito uma prova extensa. Ela era uma boa garota. Nós, os professores, sabemos dessas coisas. É bom entender. Ela era uma boa garota. Ela mereceu passar com uma boa média sete, a nota mínima.

(*Eu nunca vou saber o suficiente dela.*)
(o sorriso dela soa muito bem, ela ri muito, como que
                              me dando as boas-vindas)

E, por falar nisso, eu nunca entendi por que a gente tem teorias políticas em ADM, a gente não usa pra nada, ué, acho idiota, o professor fica falandofalandofalandofalando, nisso eu coloco a Mariana junto, Mari? A Mari adora demais a aula do cara! Interrompe, pergunta, ela e o professor se completam e fazem piadinhas que ninguém entende o tempo todo, o tempo todo! O professor elogia ela, elogia muitomuitomuito, usa ela de exemplo... "Vejam bem, se estamos eu, o Carlos e a Mariana..." Todotodo mundo, todos os meus amigos querem fazer trabalho com ela, mas ela foge do pessoal, fica encaramujada num canto, com um pessoalzinho mais ou menos exclusivo, conversando com eles e conversando com o professor, só participando da aula, como se a aula fosse um filme que ela quer muito ver, um show particular, ainda mais porque a Maria..., a Mari, adora a aula, o professor sorrisorrisorri um monte entregando a prova: a gente sabe que ela estuda, que ela vai bem, ela não tem um problema com isso, ela funda esses grupos de estudos, esses grupos de ajuda, ela e os amiguinhos dela sempresempre tão estudando, sempresempre em função disso. Acho que é por isso que ela não sai muito com a turma toda, com os colegas todos, sempre estudando, sempresempre tem coisa pra fazer, os trabalhos, ela sempresempresempre sabe de todos, infalível, impecável, dá pra conferir com ela sempre, ela sempre ajuda, mas também, acho, não gosta muito do pessoal. No geral, eu diria que ela é bem feliz, mesmo sendo bem na dela, bom, ela se diverte em aula e se esforça um monte, mas eu falo pouco com ela, acho, então fica difícil.

(*Eu nunca vou saber o suficiente dela.*)

(*Eu nunca vou saber o suficiente dela.*)

(sabor amargo de Heineken tremelica na boca)

É que a Mari só pensa nela, end of story. Ela não liga pra ti, ela se esquece de tudo, se esquece de telefonar pra você e de te lembrar das coisas. Ela se esquece do horário do cinema. Te xinga por nada. Você não faz nada e ela tem esses girly freakouts, de xingar mesmo. A gente terminava de trepar e ela ficava de mimimi, eu continuo me sentindo sozinha. Porra, what the fuck? Se você não gozou, é só falar. Que deprê.

Quando é vantagem pra ela, ela lembra. Ela joga as coisas contra ti. Mas você pode falar que o horário do cinema é às cinco e ela vai te dizer Nããääo, a gente tinha combinado às quatro e meia, porque antes, ela keeps on going… Eu até comentei que… yadda, yadda, yadda.

Quando eu conheci a Ju, eu não me senti na bad de estar namorando a Mari e me pegar com a Ju. Tem namoros que terminam antes do fim. Planejei até, fui um querido, pra ninguém sair broken-hearted, pô. Quando eu e a Mari terminamos for real, daí foi aquele cry me a river, daí veio a memória infalível. A Mari happened to remember tudo. Só eu errei, saca? Só eu acabei com as coisas. Yeah, right. Foi melhor assim. É estranho, você te olhar no passado e te perguntar o que você via nela, numa riponga neurótica, o que ela via em ti. Makes no sense. Dá uma vergonha, uma consciência de como você melhorou.

(*Eu nunca vou saber o suficiente dela.*)

(cachorros latem ao fundo)

Haha, é que eu não morei com ela direito, entenda. Mal passei a infância junto. Ah, faz um tempo que eu e o Gustavo nos separamos, muito tempo, casamento é difícil. De criança mesmo. Visualize o quarto dela lá no meu apartamento: um escritório, as estantes com os meus livros médicos e a cama dela, as coisinhas dela num cantinho que cheiram a ela, ao perfume dela, algumas roupas, os livros de faculdade que ela costuma deixar. Não que ela precise, claro.

Entenda: ela sempre foi inteligente. Imagine: tanto na escola e agora mesmo na faculdade, nunca teve problema com nenhuma matéria. Poxa, pensa que por causa de uma ou duas matérias ela não vai se formar com láurea acadêmica, uma pena. Nunca reclamou, aham, a Mari sempre foi muitíssimo inteligente.

Sempre foi bonita também. Como falei, ah, nós costumávamos ir à praia... e na adolescência, imagina só! Ela é bonita hoje, mas naquele tempo já se revelava, aham. Hum, a Mari sempre teve o homem que quisesse na palma da mão. Sempre, entenda. Até porque a Mari tem muitos amigos, ela é muito social. Ah, o Gustavo — coitadinho! — sempre se queixa de que ela está fora. Fala que a Mari foi à casa de um, à festa do outro, aham.

Agora, claro, ela está estagiando, mas os amigos vinham de todos os lugares. Uma pena que, com todas essas atividades, temos cada vez menos tempo pra nos ver. Hum, ela nunca pode, ela tem horários difíceis, mas, eh!, é por uma boa causa, veja você. Saiba que ela está crescendo. Negligência... é... talvez. Quando não atende o telefone, depois não liga de volta. Ela se esquece, não é culpa dela. A Mari se engaja fácil em muitas coisas. Coisas demais, se alguém me perguntar.

Ela gostava do trabalho voluntário na escola, na faculdade também, aham. Ah, a Mari cooperava com projetos sociais, campanhas do agasalho, liderou o grêmio estudantil, formou grupos de estudo. E, poxa, mas é claro que, hahaha, eu sou suspeita pra falar, imagina só.

(Eu nunca vou saber o suficiente dela.)
(Nunca vou saber o suficiente.)
(Nunca vai ser o suficiente, dela, delas.)
(Eu nunca vou saber o suficiente.)

Clarissa intervém por Arthur: não eram importantes as economias de Arthur, não, não, ele sempre foi muito cuidadoso. Arthur e Clarissa sorriem enquanto desconversam.

Cristina e Ana ainda conversam, assim como conversavam desde que chegaram.

O armário encobre um quadro com moldura cheia de cupim. Atrás do armário, o quadro desbota a cada frase de Cristina e Ana. Um homem grisalho se senta ao lado de uma violinista vestida em fitas de seda rosa. Na frente dela, um piano de cauda e um livro grosso aberto — vazio de notas — apoiado no piano. O homem, com barba e cabelos brancos, inclina-se e aponta o livro aberto em branco. Apreciadores da teoria da conspiração e de mensagens subliminares argumentarão que um rosto jovem se define nas dobras da cortina ao fundo da tela.

Poeira, cheiro de mofo e uma teia de aranha cobrem a pintura por completo. Seria uma bela imagem se, algum dia, alguém se desse ao trabalho de restaurar, revelar a cor do vestido, do piano, do violino, dos tons de cinza do homem, quiçá revelar mais algum pormenor na sujeira. Isso, contudo, não vai acontecer. A pintura permanecerá como é, uma mulher tocando violino em frente ao piano de cauda.

Um amontoado de pó de cupim se empilha em torno do quadro, em torno da moldura, no chão, amontoado que o armário dissimula.

A porta do armário de mogno cairá se for puxada. Ao pé da cama, sob a cama, em torno da cama, sobre a cama se acumulam caixas de sapatos, caixas de bolo com revistas, documentos, organizadores, caixas plásticas para organização, fichários, pilhas de papel. Cristina e Ana empurraram o necessário para se sentar.

Conversavam desde que Cristina chegara, às onze horas. Ainda conversam.

Os cachos loiros de Cristina contornam seu rosto avermelhado, o nariz vermelho, os olhos de máscara borrada. Talvez seja irônico, talvez seja engraçado, mas Cristina cheira a cigarro, embora nunca tenha sido vista com um. Talvez existam genes do cheiro de cigarro. Ao lado do cheiro de papel, do cheiro de lugar fechado, do cheiro de poeira, do cheiro de cigarro, ao lado de Cristina, senta-se tia Ana. Veste saia mas se senta com uma perna sobre a outra, de forma que a calcinha esteja visível a qualquer um à sua frente.

À frente do professor de piano de Clarissa, uma escrivaninha se enferrujava a cada suspiro. A sala de aula, disponibilizada pela escola Sagrado Coração de São Patrício, tinha o tamanho do banheiro de Clarissa e mais mofo que ele. Apenas o teclado do professor, a escrivaninha enferrujada, um par de cadeiras, um quadro religioso empoeirado e uma série de cadeiras empilhadas a decoravam.

O professor conferia os exercícios que Clarissa tivera de dever de casa. Praticar símbolos de notação musical, Clarissa achava simples: nota, nota, nota, complete com mais nota, preencher umas linhas. Quando as notas estavam lá, era mais fácil. Era só deixar os dedos fazerem o trabalho.

— Tu esqueceste este aqui — o professor apontou a pauta com uma pausa, semibreve. Pediu que Clarissa a completasse enquanto ele separava as atividades. Não, não usariam mais o livro didático naquele dia.

A linha grossa colada à quarta linha, a linha grossa que preenchia a metade superior do terceiro espaço da pauta. O lápis que estivera sobre o piano digital Inue KK-8731 — não era tão caro quanto o piano digital de Clarissa — ocupou as mãos da menina de onze anos.

Arthur ouvia tanta música antes de dormir, o primo, ela não tinha intimidade com o garoto para pedir que abaixasse, ela mal conseguia dormir, temia continuar esquecendo detalhes como aquele, detalhes que se expandiriam, tanto barulho, o primo circulando pela casa. Ouvia tanta música antes de dormir. Falavam-se, oi, tudo bem, sim, vou ali, aham, volto depois, pois é, vou estudar, como estavam as coisas, ele ia bem na escola? Clarissa queria só silêncio para dormir, para pensar, para estudar, para ser quem era. Preencheu o resto da pauta.

— Clarissa — o professor encarou o livro didático —, não. Não, não. Não vou te deixar preencher a partitura toda com pausas, com musicalidade nenhuma.

Clarissa decidiu não tentar entender.

— Coloca alguma nota nisso — o professor devolveu a borracha —, pelo amor de Deus.

Clarissa não conversou até o fim da aula.

Ana e Cristina conversavam desde que Cristina chegara. Ainda conversam.

Ana se levanta, ajeitando a saia:

— Não vou dizer mais nada — ela baixava a cabeça para conferir a saia. — Só acho uma injustiça que o Arthur não saiba.

Cristina permanece sentada, olha a irmã e a saia.

— Não é injusto.

— ( ) — responde Ana, através de seu se sentar de novo, cruzando as pernas como uma criança. O ruído da cama rangendo, a calcinha aparece.

— ( ) — conclui Cristina, através do estalar dos dedos da mão, um por um por um por um por um, começa a outra mão. Ana olha os dedos de Cristina.

— Para.

Cristina para.

Ainda olhando para os dedos de Cristina, Ana pergunta se devem voltar. O almoço, afinal, vai terminar. Logo as tias vão começar a tocar piano, cantar músicas natalinas em idiomas estrangeiros. Não querem passar uma imagem ruim, não é mesmo?

— Você futrica — Cristina estala o indicador — e quer que eu tenha humor de encarar toda aquela gente, Ana? — Cristina estala o dedo médio.

— Para — Ana diz.

Cristina fala de Arthur, fala de como sentiu medo quando ele vinha visitar. Entre um estalo de dedo e outro, Cristina fala de como gostaria que Arthur tivesse se dado bem com a família…

— … mas sempre que o Arthur vinha dizia que não se entendia com eles — Cristina estala mais um dedo. — Eu achava que ele ia lidar bem com o Augusto, que eles iam se gostar…

— Para com isso, Cristina.

— Ele dizia que tava dando um jeito — Cristina estala o dedo, estica o dedo, puxa o dedo para cima e estala as juntas entre o dedo e a mão. — Dando um jeito de ficar até o fim do ano, que amava a cidade, mas sabia que não era bem-vindo.

Ana toma a mão de Cristina. Trava-a dentro de seus dedos. Do lado de fora do quarto, ouve-se silêncio. A cada cinco minutos, ouvem-se passos e conversas ao celular que rumam ao banheiro. Naquele instante, contudo, o resto é silêncio e cheiro de cigarro com poeira. Olhando para a mão de Cristina, Ana diz que já falaram o suficiente daquele assunto. Devem voltar, não é? Cristina concorda com a cabeça.

Ana se levanta de novo e puxa a saia até a altura do joelho.

— O Augusto merecia saber.

Cristina ri.

— O Augusto era uma criança.

— Vinte e dois anos não é criança.

Ana abre a porta do quarto. A luz do corredor entra pelo cômodo, ilumina a poeira flutuante e faz com que Ana e Cristina cerrem os olhos. Logo antes de sair pela porta, Ana diz:

— Você tem até o Ano-Novo pra contar, Cristina — Ana diz. — Depois disso, eu vou falar.

— Falar esse tipo de coisa pras pessoas — Cristina se levanta, estalando, devagar, o pescoço — não é tão fácil quanto você acha, sabe?

Na sala, o cheiro da sobremesa, dos perfumes europeus em excesso, das naftalinas havia se grudado nos cabelos dos dois. Clarissa e Arthur, em frente à mesa de jantar, conversam. Riem.

— e a Lorena
— que xingava um ex-suicida
— (...)
— assim
— de boa
— piano
— aposto que
— as letras
— nunca entendi

Clarissa e Arthur conversam e riem. Riem. Conversam. Tópicos, palavras-chave, goles de café, café amargo, escolhas universitárias futuras, tudo que se aprende, quem sabe se

— arquitetura

— talvez design

— mas design

— viados

— nem todos

— todos

— piano

— já, já

— não sei

— e a família

Clarissa e Arthur conversam e riem. Cada vez mais, há uma movimentação subliminar dos tios que terminam de comer, dos primos que têm planos para a tarde, das tias que querem dar um beijo em Ana e Cristina porque — né? — já chega a hora de ir cuidar dos netinhos, cada vez maiores, cada vez mais tarde, cada vez mais onde-que-tá-minha-bolsa. Cada vez mais, sobram os que cantarão ou passarão a tarde em Distante. Cada vez mais nada.

Logo será hora de ir.

Logo será a hora de todos irem.

— Ninguém canta, de qualquer forma.

ESTA OBRA FOI COMPOSTA PELA ABREU'S SYSTEM EM ADOBE GARAMOND
E IMPRESSA EM OFSETE PELA LIS GRÁFICA SOBRE PAPEL PÓLEN NATURAL
DA SUZANO S.A. PARA A EDITORA SCHWARCZ EM MAIO DE 2024

A marca FSC® é a garantia de que a madeira utilizada na fabricação do papel deste livro provém de florestas que foram gerenciadas de maneira ambientalmente correta, socialmente justa e economicamente viável, além de outras fontes de origem controlada.